甘美な契約結婚

Himemi Mai
舞姫美

Honey Novel

Illustration

KRN

CONTENTS

【1】


「姫さまー！」

子供たちの明るい声が、セシリアの方に駆け寄ってくる。怒濤《どとう》の勢いは傍《そば》にいた侍女《じじょ》のアナを怯《ひる》ませたが、セシリアはまったく恐れない。子供は元気がなければいけない。だからこれでいいのだ。

子供たちはセシリアの足元に我先にと突進し、まとわりついてきた。

「姫さま、こんにちは！」

口々に挨拶《あいさつ》してくる子供たちと目線を合わせるため、セシリアは膝《ひざ》を折る。

「こんにちは。みんな、元気だった？　今日はシチューを作ったの。美味《おい》しくできたと思うんだけど」

セシリアの背後には石で組み上げられた簡易《かんい》のかまどがあり、大きな寸胴鍋《ずんどうなべ》が火にかけられている。シスターや世話役たちと一緒に作ったシチューが美味しそうな匂いを上げていた。

子供たちは歓声《かんせい》を上げ、感謝の意を示すかのようにセシリアに次々と抱きついてくる。勢いに押されて尻もちをついてしまったほどだ。

途端《とたん》にシスターの一人が、血相《けっそう》を変えて叱責《しっせき》した。

「あなたたち！　姫さまのお召《め》し物《もの》が汚れてしまうでしょう！」

「汚れてもいいものを着てきたから大丈夫よ。でも、このままだと押し潰《つぶ》されてしまうかも」

苦笑しながら言うと、子供たちはハッと我に返ってセシリアから離れる。それぞれに手を伸ばし、立ち上がるのを手伝ってくれた。

「ありがとう。みんな、優《やさ》しい子ね」

セシリアの褒《ほ》め言葉に、子供たちの顔が誇《ほこ》らしげに紅潮《こうちょう》する。セシリアは軽く咳払《せきばら》いすると、片手を腰に当て、教師を気取って言った。

「さあ、みんな、お皿を持ったら一列に並んで。横入りは駄目よ。ちゃんとみんなの分を用意してあるから」

「はーい!!」

元気よく揃《そろ》った声で返事をして、子供たちは言う通りに鍋の前に並ぶ。セシリア自《みずか》らシチューを取り分けてやり、アナが揚《あ》げパンを配った。

協会の庭に長テーブルとベンチが用意されていて、抜けるような青空の下での昼食となる。子供たちは食欲旺盛《しょくよくおうせい》にシチューを口中にかき込んでいく。その元気な様子を見ていると、セシリアの心もほわりと温かくなった。

まだ王位を継いではいない自分ができることは、このくらいだ。教会などへの慰問《いもん》が中心だが、こうして子供たちが喜んでくれるのならばできる限りのことをしたいと思う。王位を継いで政《まつりごと》に参加することができるようになれば、もっと国のためにいろいろなことができるだろう。

（それまでは叔父《おじ》さまにお任せするしかないのが歯がゆいわ……）

セシリアはこのローズレンフィールドの王位後継者だ。セシリアの両親は五年前、不慮《ふりょ》の事故によって二人とも他界してしまったが、来年の成人の儀を終えるまでは王位を継ぐことはできない。その間は国王の弟であるヒースが政を代行してくれていた。

小さいながらもローズレンフィールドには歴史がある。このウィスタリア大陸の中で一番の歴史を持つため、国には数々の歴史的価値を持つ建築物や遺跡があった。そのため田園風景が多く、周辺国からは観光地として人気だ。人々の気質も穏《おだ》やかで温かい。自分がこうして民に慕《した》ってもらえているのも、自分の両親を含めた先人たちのお陰だとセシリアは思う。

だからこそ、後継者としての未来を約束されている以上、祖国の民たちが笑って過ごせる国を維持できるようにしたい。

（政に参加できるようになるまでに、今できることを頑張《がんば》らないと）

昼食を子供たちと談笑しながら過ごしたセシリアは、アナやシスターたちと後片付けを始める。セシリア自ら率先して働いているため、子供たちも自然と自主的に手伝いをしてくれていた。

洗い終えた皿を拭《ふ》きながら、セシリアは隣にいるシスターに尋《たず》ねる。

「何か困ったことなどはないかしら」

「そんな……！　姫さまは様々な慈善活動に自ら参加されていらっしゃいます。それが何よりも心強く嬉しいことですわ」

お世辞《せじ》でないことは、シスターの笑顔を見ればわかる。セシリアは嬉《うれ》しげに笑い返した。

「そう言ってもらえると、嬉しいわ！　でも、実質的に困ったことがあるなら教えて欲しいの。私たちが気づけていないことがあるかもしれないし」

「さすが姫さまですわ！　素晴《すば》らしく尊《とうと》いお考えです!!」

アナが感極《かんきわ》まった表情で言う。拭いていた皿を胸に抱きしめながら、恍惚《こうこつ》とした様子だ。

「姫さまはお美しいだけでなくお心も高潔《こうけつ》で、次期ローズレンフィールド女王になるべくお生まれになられた方ですわ！　美しい艶《つや》のある銀の巻き毛、極上のサファイアよりも透明な青い瞳！　白磁《はくじ》の肌に薄い紅《べに》をさしたような桜色の唇、黄金律《おうごんりつ》のような美しいスタイル！　幼《おさな》き頃よりお仕《つか》えしておりますが、日に日にお美しくなられて……！　私の自慢ですのよ!!」

セシリアにすれば、アナの賞賛は過剰《かじょう》すぎる。呆《あき》れの嘆息とともに、セシリアは言った。

「アナは大げさすぎるのよ。話半分に聞いてちょうだい」

「いえ、その通りだと思いますけど……」

シスターの同意の声は、流しの水音にかき消されてセシリアには届かない。シスターは柔《やわ》らかく微笑《ほほえ》みかけた。

「姫さまのそういうところが、民に好かれる理由の一つだと思います」

「え？　どういうところが？」

セシリアの問いには答えず、シスターはアナと互いにわかり合っている笑みを交わしながら洗い物を続ける。しばらく他愛《たあい》もない女同士の話をしていると、シスターが少し言いにくそうに切り出した。

「あの……こんなことを言うのは差し出がましいのかもしれませんが……」

「気にしないで話して」

「……教会の修繕を申告させていただいていますが、まだ、その……何の音沙汰《おとさた》もなくて」

「え……？」

シスターの言葉に驚いて、セシリアは周囲を見回した。

洗い場の床のタイルは確かにあちこち剝《は》がれていて、洗い終えた食器にも欠けが見られる。窓から外を見れば、教会入口に至《いた》る石畳の幾つかが剝がれて窪《くぼ》みができていた。子供たちが転んで怪我《けが》をしたら危ない。

公共施設は民が気持ちよく利用できるようにしたいと、セシリアの両親たちは特に気を配っていた。こんな状態を放置しておくなんて、申告がきちんと届いていないのだろうか。

「……ごめんなさい。気づけていなかったわ。ちゃんと申告が受理されているかどうか、確認するわね」

「今すぐ困っているというわけではありませんから……！　きっと他にお金をかけなくては

ならないことがあるのだと思います」

シスターの気遣いにもう一度謝罪をして、セシリアは後片付けを終える。城へ戻る馬車に乗り込むと、子供たちがひどく残念そうな顔をしてくれたことが嬉しかった。

また慰問に来ることを約束し、名残惜《なごりお》しさを飲み込んでセシリアは馬車を走らせる。しばらく馬車の揺れに身を任せていると、教会の修繕が為されていないことが気になった。

「教会の修繕が遅れているなんて、どうしたのかしら……」

「ええ、本当に。……それは姫さまのお心も痛みますわね……」

セシリアの優しさをよく知っているからこそ、アナの返事は悲しげだ。セシリアは馬車の小窓から流れる景色を見つめた。

工事が中途半端に止まってしまっているところが見えて、セシリアは何だか嫌な予感を覚えてしまう。

(ちゃんとよく見てみれば、教会だけじゃなくて町の修繕も遅れている……？)

「ねえ、アナ。もしかして……もしかして、よ？　ローズレンフィールドが財政難なんてことは……」

そんなところにまで思い至るのは、極端かもしれない。アナはセシリアを安心させるように笑いかけた。

「姫さま、それは考えすぎですわ！　私はそんなふうに感じたことはまだ一度もございません」

「そう……そうよね……」

言い淀《よど》んでしまったセシリアに、アナはさらに続けた。

「姫さまが女王になられるまで、ヒースさまが頑張られると約束してくださったではないですか。叔父君のお言葉に安心されていればよろしいのですよ」

現在国王代理に在るヒースは、少し享楽《きょうらく》的で楽天的なところがあるものの、悪事を考える質《たち》ではない。考えすぎだと、セシリアは頷《うなず》いた。

「ありがとう、アナ。やっぱり考えすぎね」

「はい、そうですわ。ですが心配でしたら、ヒースさまとお話しされたらいかがでしょう？きっとヒースさまご自身が考えすぎだと仰《おっしゃ》ってくださいますわ」

「そうね。お茶にお誘《さそ》いしてみるわ」

アナの助言に答えると、沈《しず》んでしまいそうになる気持ちも上向きになる。セシリアは気を取り直し、改めて外を見つめた。

やがて、他国に比べれば小さいながらも周囲の景色に寄り添うような印象を与える城が見え始める。馬車はその城に吸い込まれるように進んでいった。


ひとまずエプロンドレスを着替えようと、セシリアは自室に向かう。後をついてくるアナは、今日はどんなドレスを着てもらおうかと真剣に思案中だ。どこかのパーティに出るわけでもないのだからと諫《いさ》めようとしたとき、前方から女官長がやって来るのが見えた。
いつもの彼女とは随分《ずいぶん》違い、黒いロングスカートの裾《すそ》を翻《ひるがえ》しながら慌《あわ》ただしい足取りでやって来る。

「姫さま！」

血相《けっそう》を変えて目の前にやって来た女官長を、セシリアは驚いて迎えた。

「ただいま。どうしたの、そんなに慌てて」

「た、大変でございます。ひ、姫さまに、パーティーに参加するようにとヒースさまが」

王女としてパーティーに参加することは、別段珍しいことではない。外交的な要素が絡んでいるなら尚更《なおさら》だ。セシリアは頭の中で近日の予定を思い出しながら頷く。

「わかりました。そのパーティーはいつなのかしら。アナ、最近の予定については……」

「はい、お任せください！」

いつも身に着けている小さな下げ袋から、アナは手帳を取り出して構《かま》える。そこにはセシリアの予定などが書き記されているのだ。

女官長は慌てて首を振った。

「こ、このパーティーは、姫さまの夫選びのパーティーだと……!!」

「え……？」

予想もしていなかったことを言われて、セシリアの思考が真っ白になってしまう。アナも零れんばかりに目を見開いたまま、身体を硬直させた。

（夫選び……？　どういうこと!?）

ローズレンフィールド国の後継者として、女王となれば結婚相手のことも考えなければならなくなることは、きちんと理解《こば》していた。それが自分の責務の一つだと、わかっている。国のためならば、政略結婚を拒むつもりはない。できれば、出会いが政略であっても――仲睦《なかむつ》まじくなれるようになりたいとは思うが。

だがそれは、こんなふうに突然、不意打ちのように言われることではないはずだ！

「叔父さまは今どちらに!?」

「執務室にいらっしゃいます。姫さまをお呼びになられていて……」

「伺《うかが》います。でも、着替えは後にさせてもらうわ」

この状況をきちんと説明してもらわなければ、怒りが治まらない。これまで一度として自分の役目から逃げたことなどないのに、叔父はどうしてこんなことをするのか。

ヒースにセシリアの来訪を伝えるため、女官長は小走りで先に執務室へと向かう。セシリアもいつになく荒々《あらあら》しい足取りで続いた。

「ひ、姫さま……これはいったいどういうことなんでしょうか……」

「わからないわ。でも、ちゃんと納得のいく説明はしてもらいます」

頬《ほお》を強張らせながらアナとともに執務室に辿《たど》り着くと、先行していた女官長が待っていた。女官長が扉を開けると、室内には二人の大臣とヒースがいた。

三人とも、ひどく難しい顔をしている。重苦しい空気に相当なことが起こったのだろうと、容易《たやす》く想像できた。

「ああ、セシリア」

わざとらしく今気づいたかのようにヒースが呼びかけてくる。セシリアはスカートを摘《つ》まんで優雅な一礼をした。

「ただいま戻りました、叔父さま。至急のお呼びでしたので、このままで失礼します」

声を荒らげないように気をつけながら、セシリアは言う。ヒースはセシリアが隠しきれなかった剣呑《けんのん》な空気を感じ取ったのか、気まずそうに頷いた。

大臣たちは、申し訳なさそうな顔でセシリアを見返した。セシリアは彼らを一通り見つめたあと、唇を動かす。

「女官長から聞きました。パーティーに参加するようにと」

「あ、ああ……そうなんだ。急ですまないが、そのパーティーには主役として参加して欲しい」

「私の夫候補はいったい何人招かれますか？」

ヒースたちが、息を呑《の》む。こちらはまだそのことを知らないと思っていたらしい。

「それも、女官長から聞きました」

「セ、セシリア、お前に拒む権利はないぞ。お前はこの国の王女。国のためならばその身を捧《ささ》げるのは当然の……」

「わかっています。いつかはこの日が来ることは、充分承知していました。拒絶するつもりなどありません」

ヒースが、あからさまに安堵《あんど》の息を零す。それを見て、セシリアの怒りはますます強まった。

「ですがなぜこれほど急に、唐突に……これでは私が逃げ出さないようにしているようで悲しいです！」

「申し訳ございません、セシリアさま！」

二人の大臣が、膝に額を擦《こす》りつけそうな勢いで、頭を下げた。ヒースは向けられるセシリアの静かな怒りをどうすればいいのかわからないらしく、オロオロしている。

「セ、セシリア、これには重大な理由があってだな……」

「これほど急に私の夫を決める重大な理由とは、何ですか？」

「……我が国は今、財政難なのです」

ヒースの代わりに大臣の一人が答えた。セシリアは愕然《がくぜん》として大きく目を見開く。馬車でアナと交わした会話が思い出された。

（財政難……）

慰問した教会の修繕申告の受理遅れ。よくよく見れば気づく町の修繕遅れ。今の自分の生活に変わりがなかったから見落としてしまっていたが、元々セシリアには王族として必要以上の贅沢《ぜいたく》をする気持ちがないから変化がなかっただけなのか。では、その原因は何なのか。は……っ、とセシリアは目を見開く。思いついた原因は、あまりにも信じたくないことだった。万が一の間違いの可能性に縋《すが》るようにして、セシリアは震《ふる》える声で言った。

「叔父さま……国のお金を、使ったのですね……？」

ヒースの狼狽《うろた》えが、さらに強くなる。大臣たちは言い訳せず、唇を強く引き結んでいた。

「す、少しだよ、セシリア。私は国王代理として精神的負担が強いんだ。だから、欲しいものがあったら慰《なぐさ》めに手に入れて、心を落ち着かせていたんだ。それだけだ。私の心の安定には、必要なことだったんだ！」

「申し訳ございません、姫さま。使い込みに気づいたときには、すでに取り返しのつかないことに……」

目の前が不意に真っ暗になり、セシリアはよろめいてしまう。アナが慌てて走り寄り、支えてくれた。

「何てこと……そんな理由で……」

それ以上は、続けられなかった。ヒースをどう罵倒《ばとう》すればいいのか、わからない。

だがすぐにセシリアの胸をよぎったのは、今日の子供たちの笑顔だ。あの笑顔が哀しみの表情に変わってしまうことは、決して許されない。

「……今ならまだ、間に合うのね？」

財政難に対する何らかの対策を取れば、国の破綻《はたん》は免《まぬか》れる段階だということだ。セシリアの問いかけに、大臣は神妙に頷く。

直後、ヒースがパッと顔を輝かせた。

「そうなんだ。セシリアが頑張ってくれれば、我が国は助かる！」

「そのための夫選びのパーティーなんですね……」

「そうだ、そうなんだ！　セシリアを妻とする代わりに、援助をしてもらうんだ。お前は美しい。王女としての自覚も充分にあり、正式ではなくとも結婚の打診はもう幾つも来ているんだよ。それに我が国は、ウィスタリア大陸で一番古い国だ。伝統と歴史を手に入れれば箔《はく》がつくと考える国王も多い。お前は人気者なんだ」

アナが大きく目を見開く。やはりそれしかないのかと、セシリアは唇を強く引き結んだ。

「お、お待ちくださいませ、ヒースさま！　そ、それは……姫さまが身売りするのと同じではありませんか……!!」

「人聞きの悪いことを言うんじゃない。セシリアは国にために尽くしてくれるんだ」

（いいえ。どう言い飾っても、身売りと同じ）

だが自分の存在に国を救う手段があるのならば、使うしかない。真っ青になって次の言葉を失ってしまったアナに、セシリアは笑いかける。

「大丈夫よ、アナ。それが私の役目ならば果たします。私が一番綺麗《きれい》に見てもらえるように、ドレスを選んでね」

「姫さま……!!」

アナと大臣たちが、苦悩《くのう》の声を零《こぼ》す。セシリアは泣きたい気持ちを飲み込んで、ヒースを見た。

セシリアが自分の提案を素直に受け入れてくれたことに、ヒースはひどく安堵し、同時にとても喜んでいた。血の繋《つな》がった叔父とはいえ、幻滅《げんめつ》してしまう。

セシリアは大きく息をつくと、立ち直した。

「叔父さま。ローズレンフィールドの政治的権利をすべて放棄《ほうき》してください。このような事態を招いたのは叔父さまの愚《おろ》かな行いゆえです」

「セシリア！　そんなことを言わず……援助を受けて立て直したら、今度は失敗しない！」

「今度はありません」

セシリアは身内の情を考えないようにしながら、できうる限りの冷たい声で続けた。

「この国の政は、私の夫となる国に委《ゆだ》ねます。大臣方はそれまで、この国が破綻しないよう、保ち続けてください」

ヒースが、悲痛な声を上げる。自分の今の豊かな生活が終わりを迎えることを哀《かな》しむ声に、同情など抱けない。二人の大臣はセシリアの言葉を神妙に受け止めて、強く頷いた。


翌日には、セシリアの夫選びのためのパーティーの準備が始まった。

大臣たちは周辺諸国でも、金銭的に豊かな国の幾《いく》つかに招待状を送った。このパーティーの意図は密かに話を通していたらしく、招待状を拒む国が一つもなかったことにセシリアは驚いてしまう。

パーティー用の新しいドレスの仕立てもお針子《はりこ》たちが急いでくれ、セシリアにとっては驚くほど早く当日になってしまった。

今回のパーティーは、対外的には周辺諸国への外交の一端とされている。ローズレンフィールドの貴族たちも招かれ、いつも通りの華やかなパーティーになっていた。……このパーティーを見てローズレンフィールドが財政難だとは、思えないだろう。

セシリアは持てなし役として、招待された五人の王子たちに囲まれていた。その中でも一番の大国であるアルドリッジ国王は国務の都合がつかないため、代わりにルイスという側近を遣《つか》わしてくれている。ルイスは「国務が終わり次第そちらに向かうが申し訳ない」という国王直筆の手紙を渡してくれた。

かっちりとした読みやすい文字と丁寧《ていねい》な文面から、誠実さを感じさせた。アルドリッジ国王ではない者が代筆した可能性も大いに有り得るが、セシリアはその手紙で彼に少し興味を覚えた。

アルドリッジ国王はどんな人物だろうか。肖像画では人となりまでは完全にはわからない。セシリアは心の中でここにはいない彼のことを想像してしまっている。

(黒髪に、金褐色《きんかつしょく》の瞳。肌は私とは違ってよく陽に焼けてて、体格も鍛《きた》えられたものだったわ)

だが肖像画は、画家が必ずしも本人を忠実に描き取ったものばかりだとは言えない。実際の彼はどんな人なのかとこの場にいない人のことをあれこれ考えてしまったのは、無意識にこのパーティーに憂《うれ》いを覚えていたからかもしれなかった。

セシリアは夫候補の五人の男性たちの相手をしていく。彼らは一様にセシリアの容姿や考え方などを探り、自国の利益になるかどうかの見定《みさだ》めをしているように見えた。彼らも一国の王や王子として、そうしなければならないことはわかっている。けれど、いつも以上にセシリアの心の疲労感は強い。

特に積極的にセシリアに接触を持ってきたのは、ファマス国の第二皇子だった。彼はセシリアの容姿をまずは気に入ったようで、他の王子たちを牽制《けんせい》しつつ何かとセシリアに話しかけてくる。

今回の夫候補の国の中で、ファマスはアルドリッジに次ぐ経済力を持つ。他の王子たちはある程度諦《あきら》めてしまったのか、パーティーが進むにつれて皇子を押しのけてまでこちらに接触してくることもなくなってきた。

(私はこの人を選ぶべきなのかしら……)

夫候補の中では第二位となっている皇子だ。大臣たちの言葉が思い出される。

『――よろしいですか、セシリアさま。今回の件で一番に射止めなければければならないのは、はアルドリッジ国王です。もし彼が駄目だったとしたら……ファマス国の皇子がいいでしょう。この二人のどちらかの心を、射止めてくださいませ』

「――セシリア姫、よろしければ庭園を案内していただけませんか?」

二人きりになる機会を、彼から与えられる。セシリアはこれを逃さないよう、小さく息を呑んだ。

（上手く、いくかしら）

セシリアは、男を誘惑する方法など知らない。とりあえず考えてみた方法の一つとして、いつもよりも露出度の高いドレスを身に着けていた。

上質のミルクにストロベリーソースを少し混ぜたかのような瑞々《みずみず》しい肌に、この日は黒のドレスを纏《まと》わせている。ドレスは袖《そで》なしで、デコルテ部分を一切覆《おお》わないものだ。胸の膨《ふく》らみの下できゅっと布地が絞《しぼ》られ、そこから足元までスカートが流れ落ちるようになっている。透《す》けないながらも薄いシルク生地は、パニエやドロワーズなどでふんわり膨らませず、身体のラインにぴったりと沿わせたものだ。そのため、セシリアのまだ女としては未熟ながらも魅惑《みわく》的な身体が、布地越しに周囲によくわかる。しかもドレスの黒はセシリアの肌の美しさを際立たせていた。

緩《ゆる》い曲線を描く銀髪はまとめ上げ、宝石のついたピンを幾つも挿《さ》して整えている。イヤリングはあえて大ぶりのデザインではなく、大粒のダイヤモンドだけのものにした。そのため、ほっそりとした首筋があらわになっている。

男を誘惑するためだけの格好だと姿見に映った自分に嫌気がさしたが、どうやら第二候補の気を引くことには成功したらしい。

ちらりと周囲を見ると、傍付きの女官たちはいなくなっていた。パーティーの参加者たちもセシリアたちに声をかける様子がない。

セシリアは鬱々《うつうつ》としてしまいそうになる気持ちを必死で飲み込んで、笑顔を浮かべる。

「かしこまりました。では、私と一緒に来ていただけますか？」

持っていたグラスを近くのテーブルに置いて、セシリアはゆっくりと歩き出す。皇子は笑顔で隣に並んだ。

パーティー会場の広間は、庭園に面している。所々にランプが灯《とも》る庭園は、庭師たちが丁寧に世話しているものだ。強すぎない月光とランプの淡い光は、庭園を幻想的に見せている。花たちも眠りについているように、ひどく静かだ。もしも隣にいる彼が恋しい人ならば、とてもロマンチックな空間になるのかもしれない。

(恋なんて、まだしたことがないけれど……)

「よく手入れされた美しい庭園ですね」

ゆっくりと歩きながら、皇子が褒めてくれる。セシリアは儀礼的な笑みを返した。

「ありがとうございます。庭師たちに殿下のお褒めのお言葉を伝えておきます」

自分たちが庭に出ているために、涼みに出てくる者たちもいない。もしいたとしても、ヒースたちが絶対に邪魔させないようにするだろう。庭園の中に、今はセシリアと皇子だけだ。

庭園手前だけを案内して終わりにするわけにもいかず、必然的に歩みは奥に向かう。蔓薔薇《つるばら》が絡みつくアーチをくぐってしばらく進むと、パーティーのざわめきも届かなくなった。

「庭園も美しいのですが、それ以上にセシリア姫がお美しい」

足を止めて、皇子が言う。その目には、希少な鑑賞物を手に入れようとする欲望だけが見える。本能的な嫌悪感を覚えて、セシリアは恥じらいを装《よそお》いながら皇子に背を向けた。

「そんなふうに仰《おつしや》っていただけるとは、光栄です。ですが、何だか恥ずかしいですわ」

「僕は正直にお伝えしたまでです。あなたはとても魅力的だ」

「……っ」

皇子の声がすぐ背後で聞こえたと思った直後、警戒する間もなく抱きしめられた。

もしかしたらこんなふうにされるかもしれないと予想はしていたが、実際に起こると怯《ひる》んでしまう。異性に抱きしめられるなど、初めてなのだ。

「招待状に同封されていた肖像画よりも、実物の方がお美しい。あなたのような方がベッドの上ではどのように乱れるのか、見てみたくなりますよ」

露骨《ろこつ》な欲望の言葉に、カッと胸の奥が熱くなる。怒りのままに反論しようとしたが、皇子がセシリアの首筋に顔を埋めてきて、できない。

皇子が、セシリアの首筋にくちづける。それだけではなく、舌を這《は》わせ、キツく吸い上げる。ゾワリと鳥肌が立ち、膝がかすかに震えた。

「……こ、こんなところで、何を……」

「こんなところだから、ですよ。あなたも私に味見をさせるつもりだったのでしょう？」

片腕が細腰に絡み、ぐっと強く抱き寄せられる。唇と舌はセシリアの首筋から肩口へ、ねっとりと舐《な》め下ろしてきた。セシリアの身が、小さく震え始めた。

彼は自分のことを単に美しいというだけで、手に入れようとしている。そこにあるのは、肉欲だけなのだろう。

（わかっている、わかっているわ。私はこの身と引き換えに、この国を救うための金銭を……）

理解していたはずなのに、嫌悪感《けんおかん》は拭えない。せめてほんの少しでも何かの心が感じられれば違うだろうに、この皇子からは肉欲だけしか感じ取れなかった。

（私が、我慢すればいいだけで……）

皇子の片手が、セシリアのドレスの胸元に潜《もぐ》り込む。柔らかな胸の膨らみを強く摑《つか》まれ、まだ未熟な乳房は芯に痛みを感じた。

「……っ……っ」

思わずかすかな悲鳴を上げると、皇子がおや、と意外そうな顔をした。

「異性にこんなことをされるのは、初めてですか」

「も、もちろん、です……」

腰を抱きしめていた手が下肢《かし》に伸び、掌《てのひら》で太腿《ふともも》を撫で上げながらスカート生地を押し上げる。皇子は耳に唇を押しつけるようにしながら、囁《ささや》いた。

「これは何ともそそりますね。あなたのような美しく可憐《かれん》な方に、僕が肉欲のすべてを教えられるとは……」

蛇《へび》が全身を這い回っているようなおぞましさを感じて、セシリアは唇を嚙《か》みしめる。耐えなければ、と必死に自分に言い聞かせていると、皇子は勝ち誇ったように笑いながら続けた。

「いいでしょう、姫。あなたを買いましょう。私にとっては安い買い物です」

(私を——買う)

プツン、と心の中で何かが切れた音がした。セシリアは衝動的に、あらん限りの力を振り絞って皇子から逃れようとする。

突然の抵抗は充分な不意打ちになったらしく、皇子の手がセシリアから離れた。その一瞬を逃さず、セシリアは必死で駆け出した。

「姫!」

皇子の呼び声が聞こえたが、セシリアの足は止まらない。

折角目に留まったのに——彼との婚姻《こんいん》が駄目になってしまったら後は残る有力候補はアルドリッジ国王になるが、彼がセシリアを気に入ってくれるとは限らないのに——可能性を一つ潰してしまった。

(わかっていた、はずなのに……!!)

己《おのれ》の愚かさから逃げるように、セシリアはさらに庭園の奥に走っていく。

くっきりとした灯《あか》りがない中でも、迷うことなく進む。ここはセシリアの散歩コースだ。不慣れな皇子は、セシリアまで辿り着くことはできないだろう。

さらに進めば少し開けた場所に出る。手入れの行き届いた芝が敷かれている場所だ。すぐ近くにドーム型の天井を持つ東屋《あずまや》があるが、外の空気や陽射しをたっぷり味わいたいときはここに出るのだ。

息を切らしてそこまで行ったセシリアは、そこに佇《たたず》んでいた長身の人影に体当たりするようにしてぶつかってしまった。

「あ……っ！」

体格差から人影はよろめきもしなかったが、セシリアの方は弾《はじ》かれてしまう。足元がもつれて仰向《あおむ》けに倒れそうになったとき、人影が振り返ってセシリアの二の腕を摑んだ。

満月を背後にした人影は、セシリアを見返して軽く瞳を見開いていた。

月と淡いランプの光を受けて群青色《ぐんじょういろ》にも見える黒髪、少し長めの前髪の陰を受け止める金褐色の瞳は、意思の強さを感じさせる。無言でじっと見つめられていると、何だか睨《にら》まれているようにも感じられる。

「あなた、は……」

青年の唇が、そっと動いた。同時に力強く引き寄せられて、抱き留められる。

鼻先が触れ合ってしまいそうなほど間近に、端整な男の顔がある。抱き留められた身体には、鍛えられた筋肉の硬さがある。セシリアくらい軽々と抱き上げられるだろう。

青年の端整な顔には、見知った面影があった。アルドリッジ国王の肖像画に通じるものがあるが、格好は随分と砕けたものだ。装飾的なものに拘《こだわ》りを持たず、動きやすさを重視した服装だ。

そもそも国王ともあろう立場の者が、他国の城の庭に一人でいるわけもないだろう。よく似た他人だろうと思いながら、セシリアは慌てて言う。

「ご、ごめんなさい！　人がいるとは思わなくて……大丈夫でしたか？」

青年は、セシリアを強く見つめている。あまりにも強い視線は、身体に穴が空いてしまいそうだ。加えてこちらの声も聞こえているのかどうか疑《うたが》わしい。

「あ……あの……」

青年が、はっと我に返ったように瞳を瞬《しばたた》かせた。

「あ……ああ、俺は平気だ。平気じゃないのは……あなただ。大丈夫か？」

青年は外套《がいとう》を外し、セシリアの肩にかけてくれる。セシリアは今更のように自分の格好に気づいて、唇を噛みしめた。

皇子に乱されてまとめた髪も崩れ、ドレスの肩紐《かたひも》もずり落ちてしまっている。襟刳《えりぐ》りが大きく開いているドレスなために、あともう少しで胸の膨らみが零《こぼ》れ出してしまいそうだ。この状態ではある程度何が起こったのか、予想できてしまうだろう。セシリアがハッとするより早く青年が手を伸ばし、外套の端を摑み寄せて身体を隠すように包み込んでくれた。

外套から青年のぬくもりが柔らかく全身に伝わり柔らかく包み込んでくれるようで、何だか急に子供のように泣きじゃくりたい気持ちになってしまった。

(今、優しくされると……駄目……)

セシリアは慌ててその気持ちを飲み込み、青年に笑いかけた。

「……あ、ありがとう。でも、心配してもらうほどのことではないの」

「そうか。それならばいい」

こちらの事情を詮索《せんさく》するつもりはまったくないらしく、青年は余計なことは一切聞いてこない。だが、セシリアの方を見つめたまま動く様子を見せなかった。

「あ、あの……あなたはここで、何をしていたんですか？」

「月を見ていた。あの頃と今と、違うものかと思ってな」

そう答え、青年は再び月を見上げる。だが、それ以上は何も言ってこない。詮索されないのも意外に居心地が悪く、セシリアはこの場を立ち去ろうかとも考える。

（でも、また皇子に会ったら……）

セシリアは小さく身震いして、そっと自身を抱きしめた。

（少し、ここに居させてもらいましょう。気持ちがもう少し落ち着いたら皇子のところに戻って、非礼をお詫《わ》びして……）

まだ自分に興味を持ってもらえているのならば、彼との婚儀を進めればいい。それが、ローズレンフィールドにとって一番重要なことなのだから。

青年に少し傍にいてもいいかと尋ねようと見上げると、彼は真《ま》っ直《す》ぐにこちらを見ていた。金褐色の瞳と視線が合い、思った以上の強い眼光に何だかドキドキしてしまう。何かを探すような瞳は、どこか切実さを含んでいた。

居《い》た堪《たま》れない気持ちになって、セシリアは慌てて目を逸らしながら言う。

「あなたもパーティーの参加者ね？　私のことを知らないということは、招待国の方かしら」

「ああ。アルドリッジから来た」

「じゃあ、ルイスさまのお供ね？　だったらこんなところにいないで広間に行かないと。勝手な行動をとっていたら、怒られてしまうわ」

「遅れて到着することは、あいつも知っているからいいんだ。パーティーは苦手でもあるしな」

「城勤めでそれは大変ね」

セシリアはくすくすと笑う。青年もつられたように低く苦笑した。

「ルイスにもよく叱《しか》られてる。面倒くさがらずに参加しろとな」

「華やかな場は、場数を重ねるのが一番よ。社交術も基本的なことは難しいことではないと思うの。相手の会話や所作をよく見るようにすれば、そのときに一番相応《ふさわ》しい態度や言葉を言えるわ」

「なるほど。あなたも苦労しているのか」

青年が興味を引かれたように問いかける。セシリアは笑ったまま、首を振った。

「それが王女としての私の役目だもの。苦労は確かにあるけれど、投げ出すわけにはいかないわ」

「あなたは、セシリア姫か」

「はい。ようこそいらっしゃいました、アルドリッジの御方。……こんな乱れた格好で、失礼ですけど……」

セシリアはうなじの辺りにほつれて溢《あふ》れてきた髪を押し上げる。青年が無言で手を伸ばしてきた。

先ほどの皇子の淫《みだ》らな手が思い出されて、セシリアは反射的に身体を強張《こわば》らせる。青年がハッとしたように途中で止まった。

「すまない。不躾《ぶしつけ》だった……」

ひどく反省したような口調に聞こえたため、セシリアは苦笑してしまう。彼があの皇子と同じような輩《やから》だと思うのは、失礼かもしれない。

「いいえ。私の方こそ過剰に反応してしまって……何をなさるつもりだったのですか？」

「ヘアピンを外してやろうと思った。きっちりまとめすぎていて、窮屈《きゅうくつ》そうだったからな。無駄に男の目を楽しませてやる必要はないだろう」

細くしなやかな首筋を見せることで気を引こうとしていたことを思い出し、何だか恥ずかしくなる。必死なのは間違いないが、浅ましいと思われたかもしれない。

「それに、あなたはそんなことをしなくとも充分に美しい」

それが当然のことのように、青年は言う。あの皇子のような下心は少なくとも今は感じられず、セシリアの鼓動《こどう》がとくんと震えた。

「では……幾つか外していただいてもいいですか？」

セシリアが促《うなが》すと、青年の骨ばった指がきつく留めている部分のヘアピンを外してくれる。髪の一本も傷つけないようにしてくれる丁寧で優しい仕草に、心がくすぐったくなった。

ヘアピンがすべて外れれば緩やかな曲線を描く長い銀髪が幾筋か流れ落ちた。青年はそんなセシリアを満足げに見返し、ヘアピンを返してくれた。

「どうもありがとう。とても楽にな……」

――ほろりと、瞳から涙の雫が溢れ落ちた。まさかこんなところで泣いてしまうなど自分でも信じられず、セシリアは茫然《ぼうぜん》としてしまう。

「い、嫌だわ、なんで……」

青年はセシリアをじっと見つめたあと、上着の内ポケットからハンカチを取り出して渡した。途切れがちになる声で礼を言って受け取り、化粧崩れしないように目尻をそっと押さえる。泣いた顔で戻ったらアナたちを心配させてしまうし、皇子がしたことに対する当てこすりだと思われても困る。もしかしたら、自分の夫になる人かもしれないのだ。

「ほ、本当に、重ね重ねごめんなさい。き、急に涙が出て、きてしまって」

「いい。気にしていない」

言って青年は指を伸ばし、セシリアの頬をくすぐるように撫でてくる。優しい指の動きが予想以上に心地よく、涙は止まるどころかさらに溢れてしまった。これではまるで、彼が自分を泣かしているようだ。

「ごめんなさい。私、これで失礼させて……」

青年が、その場に座り込む。片膝を立て、もう片方の足は投げ出す格好だ。ある意味くつろぎの姿勢に、セシリアは戸惑《とまど》ってしまう。

すると、青年が続けた。

「――俺は今、この庭の置物だ」

「え……？」

「庭の置物は、あなたが何を話そうと気にしない。耳も口もないから、あなたの話を誰かに伝えることもしない」

（これは、愚痴《ぐち》を言ってもいいってことなのかしら……）

「聞いても、面白《おもしろ》くない話ばかりですよ」

「庭の置物は、話の面白さなど気にしないのではないか？」

金褐色の瞳で見返されながら言われて、セシリアは思わず口元を綻《ほころ》ばせてしまっていた。

不器用ながらも温かみのある優しさを感じる。

青年はセシリアの方をじっと見つめてくる。その熱い眼差しに泣き顔を見られていることが急に恥ずかしくなり、セシリアは顔を背《そむ》けた。

「どうかしたか」

「あ、あまり、見ないでください。泣き顔ですから」

青年の不思議そうな問いかけに、セシリアは指で目元を拭《ぬぐ》いながら答える。青年はしばし沈黙したあと、何を思ったのか急に腕を摑んで引き寄せてきた。

柔らかいながらもしっかりとした力のため、セシリアはその場に膝をついてしまう。あっという間に青年はセシリアを自分の膝の間に座らせて、背中から柔らかく抱きしめてきた。

「これで、あなたの顔は見えない」

青年は両腕を前に回し、セシリアをふんわりと包み込むように抱きしめてくる。その腕のぬくもりと優しさが新たな涙を生む前に、セシリアは胸内に溜まっていくばかりだった不満を次々と口にしていた。

招待客であり、ヒースが一番セシリアを売り込もうとしているアルドリッジ国王の近くに仕える者ならば、このパーティの本当の理由もわかっているだろう。それでもそうとわかるほどに直接的な言葉を使うのは憚《はばか》られ、要所は言葉をぼかして話すようにする。宣言通り青年は置物に徹《てっ》して、セシリアの愚痴に一切の言葉をかけなかった。

胸の内の凝《しこ》りを吐き出していくと気持ちの高ぶりも落ち着き、状況を改めて確認することもできる。

最後の言葉を吐き出して、セシリアは青年を見た。青年は変わらずに月を見上げたままだ。

(こういう言い方は失礼かもしれないけど……何だか大型犬が、寄り添ってくれてるみたいだわ)

主人が気落ちしていると傍に寄り添ってくれるように――こんなふうに思ってしまうなんて、まだ初対面なのに随分心を許してしまっているのかもしれない。だが、おかげでこれからどうしなければいけないのかを冷静に考えることができる。

(アルドリッジ国王が私を求めることがなければ――あの皇子のもとに行かなければならないんだわ)

それが、自国を救う唯一の術《すべ》だ。豊富な援助をもらって財政を立て直さなければ、民が苦しむことになる。皇子の淫《みだ》らな誘いに嫌悪している場合ではない。

セシリアは両手をぎゅっと強く握りしめ、自らの責務を改めて痛感した。その直後、青年がこちらを見下ろして言った。

「気持ちは落ち着いたか？」

「あ……っ」

セシリアはハッと我に返り、慌てて笑顔を浮かべた。

「ええ、おかげさまで。話を聞いてくれてどうもありがとう」

「話しかけてもいいか」

「え、ええ……」

庭の置物の演技を終えるとわざわざ教えて許可を得ようとしてくれるところが、律儀《りちぎ》だ。

「あなたは、結婚が嫌なのか？」

「それは……その、私も一応は年頃の娘なので、恋、というものに憧《あこが》れはあります。でも幸いなことに私に想う方はいないし、王女としてこの国を良くしてくれる方のところに嫁《とつ》ぐことに抵抗はないわ。ただ……か、身体、目当てのような感じは……嫌、です……」

青年はこちらをじっと見つめたままで、先ほどと同じように静かに聞いてくれている。

「身売りであることに変わりはなくとも、嫁いだならば妃として、少しは情を交わしたいとは思うの……」

だがあの皇子には、そんな心の交流は欠片《かけら》も求められなさそうだ。セシリアの身体に飽きたら、当たり前のように他に興味を持った女性のところに通うように思える。セシリアは大きくため息をついた。

「私が甘いのでしょうけど……」

「いや。自らの責務を放棄《ほうき》するつもりがないのだから、それくらいのささやかな望みは持ってもいいだろう。あなたはその皇子を選ぶのか？」

「アルドリッジ国王が私を選ばなければ、そうなります」

「そうか……」

青年は何やら思案するように瞳を伏せた。もしかしてアルドリッジ国王に何か口添えをしてくれるつもりなのかもしれないが、それに甘えるのも心苦しい。

セシリアは振りきるように笑い、立ち上がろうとする。

「話を聞いてくださってありがとう、アルドリッジの御方。そろそろ会場に戻……」

「では、俺の妃になるか？」

あまりにも唐突な提案に、セシリアは瞳を瞬かせた。

「え……？」

半端に腰を浮かせたままのセシリアの腕を、青年の大きな片手が摑んだ。自分の話に親身になってくれたためか、彼に触れられることに嫌悪感はない。

青年は優しい力を込めて、セシリアを再び座らせる。

「あ、あの……あなたの、妃とは……」

「俺は独り身だ。最近跡継ぎのことを考えてか、妃を迎えろと周囲からずいぶんうるさく言われている」

妃。その言葉にセシリアはまさかと目を見張る。

「だが、俺の方はまだ妃を迎える気持ちが出てこなくてな……かえって強制されると意固地《いこじ》になるというか……だが、あなたなら妃として十分な自覚を持ち、民のために尽力してくれるだろう。このローズレンフィールドを救うために、身売り同然の結婚を受け入れようとしているんだからな。口うるさいあいつらも、あなたを迎えれば黙るだろう」

セシリアは、答えることができない。青年は無言のままのセシリアに、少し眉根を寄せる。

「俺があなたの好みでないなら仕方ないが……俺は、あなたを妃としたらあなた以外の女は決して迎えない。妃以外の女には、興味がない。俺の女はあなただけだと誓おう」

それが当たり前のように、青年は続ける。どこか淡々とした口調なのに、その部分にだけは熱が感じられた。

(俺の女は、あなただけ……)

まるで情熱的に愛を告げられているように思えてしまって、困る。この程度で浮かれてしまうなんて、恥ずかしい。

だが、その前に確認をしなければ。セシリアは青年の言葉に少し頬を赤らめながらも、問いかけた。

「あ、あの……あなたは、アルドリッジ国王陛下ですか……？」

「ああ、名乗るのが遅れた。俺はダリウス。ダリウス・アルドリッジだ」

(よく似た方ではなく、アルドリッジ国王陛下ご本人……!!)

この周辺で一番豊かで大国の国王が、こんなところで旅着姿のままでいるとは予想できなかった。セシリアは浮かれた心に冷水を浴びせられたかのように、真っ青になる。

「あ、あの、私、失礼の数々を……っ」

「で、どうだ、この提案は？」

詫《わ》びの言葉を全部言わせず、ダリウスは問いかける。セシリアは息を詰めて、ダリウスを見返した。

ヒースたちが一番に望んでいるのは、ダリウスの妃になることだ。アルドリッジの豊かな援助があれば、ローズレンフィールドは間違いなく財政難から脱することができる。そうすれば、民たちが苦しい思いをすることも避《さ》けられる。

(それに――彼は妃を迎えたらその人だけだと言ってくれたわ)

その場限りの言葉かもしれない。言葉通りに信じてしまって残念な思いをしてしまうかもしれない。だがあの皇子からは、そんな言葉も出てこなかったのだ。

(それに彼は私に、選ばせてくれている)

自分とファマス国第二皇子のどちらがいいかと。秘められた優しさを感じて、セシリアは真っ直ぐにダリウスを見返した。

「私の国を、助けてくれますか？」

「この国を立て直すための援助をしたところで、アルドリッジの懐《ふところ》は痛まない」

何とも頼もしい返事だ。セシリアは安堵《あんど》の息をつく。

「わ、私でよろしければ、陛下の妃にしてください」

ダリウスが、小さく口元を綻ばせた。あまり感情を面《おもて》に出さない人なのかもしれない。

（でも、優しい人……）

ダリウスの手が、セシリアの頬に伸びる。優しく撫でられるのが、心地よかった。

「では、契約の証を」

どのような証を立てればいいのかと問うよりも早く、ダリウスの整った顔が近づいてきた。その意図に気づいて目を見張ったセシリアの唇に、薄い唇が押しつけられる。

異性との、初めてのくちづけだった。セシリアはどういう反応をすればいいのかわからず、身体を硬直させてしまう。

「ん……」

ダリウスの唇は、かたちを確かめるように優しく啄《ついば》んできた。片手はセシリアの髪を撫で、もう片方の手が背中を撫でて柔らかく抱き寄せる。動けないままのセシリアはされるがままになり、くちづけを受け止めながらダリウスの胸元に倒れ込んだ。

ダリウスの腕の中に、すっぽりと包み込まれてしまう。逞《たくま》しく広い胸は温かく、守ってもらえる安心感を与えてくれた。押しつけられて啄ばまれているうちに、身体の強張りもゆる

ゆると解けていく。

セシリアの鼻腔《びこう》に、爽《さわ》やかな森の香りがかすかに忍び込んできた。ダリウスが着けているフレグランスだろう。

(いい香り……)

髪を撫でていた指が、耳の裏に潜り込んだ。壊れ物を愛《いと》おしむかのように、指先は優しく耳裏を撫でてくる。不思議な気持ちよさを覚えて、セシリアは知らずに甘い吐息を零していた。

「ん……」

その吐息を聞いた直後、ダリウスの唇が突然強く激しく押しつけられた。

食《は》むように動いた唇が、セシリアの唇を押し割ってくる。驚いて大きく目を開くと、口の中に肉厚のぬるついた何かが押し込まれた。

それがダリウスの舌だとは、すぐにはわからない。ダリウスの舌はセシリアの口中に潜り込むと、我が物顔で味わってきた。

「……う……む、んぅ……ん、ん……っ」

歯列をなぞり、歯茎を舌先でくすぐり、歯の裏側まで舐めてくる。頰の内側を舐められ、びくりと身体が震えた。セシリアはダリウスの旅着の胸元をきつく握りしめる。

(な……に、これ……)

ダリウスの舌が、セシリアの舌に絡みついた。本能的に舌を逃がそうとしても狭い口中では無理で、ダリウスの唾液《だえき》でぬめった舌に舐め合わされるように擦りつけられる。

息苦しさに頭の中がぼんやりしてきて、何もわからなくなる。ダリウスの舌は喉奥まで侵《おか》すかのように差し入れられ、上顎《うわあご》を舐めてきた。

「……んぅ……んっ、ん……っ」

ダリウスの舌が擦りつけられるたびに甘味が溢れ、唾液が零れてしまいそうになる。セシリアの喉が自然と上下し、ダリウスもまた、混じり合った熱い滴《したた》りを甘露《かんろ》を味わうように啜《すす》った。

ほんのわずかの隙間《すきま》も許せないとでもいうように、ダリウスがさらに深く唇を合わせてくる。セシリアの背筋が仰け反ってしまうほどだ。

「……ふ……ぁ……あ、んぁ……っ」

空気を求めて唇を開いてしまえば、ダリウスの舌がもっと奥に入り込んで味わってくる。セシリアはきつく目を閉じて、されるがままになるしかない。

激しく濃厚なくちづけに意識が霞《かす》み、膝から力が抜けてしまう。ダリウスに縋《すが》りついていた指も、解《ほど》けてしまった。

がくり、とセシリアの身体が崩れ落ちる。ダリウスがハッと我に返り、セシリアから唇を離した。

「……姫！」

「……あ……ふ、あ……っ」

急に息ができるようになり、セシリアは涙目になりながら胸を大きく上下させて息を繰り返す。ダリウスがセシリアを抱き留めたまま、目元に滲む涙を指でそっと拭い取った。

「すまない、やりすぎた……大丈夫か」

「……だ、大丈夫、です……」

ダリウスはセシリアの額を胸に押しつけるようにして、抱きしめる。大きな掌が背中を撫でて、呼吸が落ち着くまで待ってくれた。

だが息が整っても、セシリアは恥ずかしくて顔を上げることができない。男女のくちづけがこんなにも激しく淫らなものであるとは、知識としては知っていても実体験は初めてだったのだ。

(まるで、心の中をすべて覗《のぞ》き込まれるみたいで……)

「嫌だったか……？」

顔を上げないセシリアの様子が、ダリウスにそう思わせたのだろう。セシリアは頬を真っ赤にしながらも、何とか顔を上げて首を振る。

「そ、そういうわけでは……！　た、ただ、あの……わ、私、男の方とのくちづけは初めてなので……っ」

「初めて、だと……？」

セシリアの返答に、ダリウスの動きが止まる。先ほどよりも表情が硬くなったように思えて、セシリアは慌てた。

「へ、陛下？　いかがなさいましたか？」

「……いや。何でもない」

ひどく居心地が悪そうに答えたあと、ダリウスは一度大きく深呼吸する。そして気を取り直して続けた。

「パーティーに戻ろう。あなたが俺を受け入れたことを周囲に知らせる必要がある」

ダリウスの言う通りだ。あの皇子が好き勝手に何かを言いふらしても困る。セシリアは差し伸べられた手に触れる前に、はたと今の自分の乱れた格好に気づいた。

「どうした？」

「陛下は先にお戻りください。私は髪とドレスを整えてから戻ります。このような姿で戻ると、皆にどのようなことを言われるかわかりませんから」

「……ああ、そうか」

ダリウスの声に、急に不快感が滲んだ。セシリアが訝《いぶか》しむより早く、ダリウスは差し出された腕を掴んで引き寄せた。

胸に顔をぶつけてしまいそうなほどに強く引き寄せられて、セシリアは驚いて顔を上げる。

「陛下……っ？」

「ならば俺があなたを乱したことにしよう。あなたがされたことを教えてくれ。俺が上書きする」

「う、上書きって……」

何だかとんでもない理屈のような気がして、セシリアは絶句してしまう。ダリウスはセシリアの瞳を心の奥まで侵入するかのようにじっと見つめてきた。

(ああ、この目。この金褐色の瞳に弱いわ。まるで私を愛しているかのようで……)

そんなわけがない。ダリウスと会うのは今が初めてなのだ。

「さあ、姫。あなたはどんなことをされたんだ」

視線は、一瞬も離れない。だからセシリアも、ダリウスから目を離せない。セシリアは金褐色の瞳に魅入《みい》られたまま、唇を動かしていた。

「後ろから抱きしめられて……」

「こうか」

ダリウスが動き、セシリアの言う通りに背後から抱きしめてきた。セシリアをすっぽりと包み込む腕は、ぬくもりを伝えてくれて不思議と安心する。あの皇子のものとは、まったく違った。

「それで? 次は何をされた」

「肩や首に、く、くちづけ……られ、て……あ……っ」

ダリウスの前に回っていた手が上がり、セシリアを包み込んでいた外套を引きずり下ろす。むき出しの肩に夜気が触れて、ぞくりとする。直後ダリウスの唇が、セシリアの肩口に押しつけられた。

くちづけのときよりもダリウスの唇が熱く感じられたのは、夜気のせいだろう。身震いしたセシリアは、次の瞬間、小さく息を呑む。

「あ……っ」

ダリウスの唇が薄く開き、さらに熱い舌先がセシリアの肩口をなぞった。舌先の濡れた感触が、肩口から首筋をゆっくりと舐め上げる。ぞくぞくとした震えが生まれ続けて、セシリアは衝動的に囲われている腕の中から逃れようとした。

だがダリウスの力は強く、逃れることなど到底無理だ。

「こんなふうにされたのか？　あなたの美しい肌に、その男はこうして唇を……舌を……這わせてきたのか？」

耳朶《じだ》の輪郭《りんかく》を、ダリウスの舌がゆっくりと舐め上げる。ダリウスの熱い吐息に身を震わせると、柔らかく甘噛みされた。

「耳は舐められなかったか？　こんなふうに舌を押し入れて、吐息を吹き込んで……」

「……あ、んん……っ、さ、されてませ……」

「では、他に何をされた？　これ以上のことをされたのか」

耳に唇を押しつけたままで囁かれ、セシリアはさらに震える。その甘やかな感覚が、セシリアを正直にさせてしまった。

「……む、ねを……触られ、て……」

「そんなことまで……っ」

掠《かす》れた声には、怒りが含まれているように感じられた。だがそれは、自分の単なる願望だろう。

(だって、彼とは初めて会ったのに)

ダリウスの手が、セシリアの胸の膨らみをそっと包み込んだ。ドレスの布地越しに、膨らみのかたちを確認するように優しく撫で回してくる。

欲望に任せての力づくの愛撫《あいぶ》ではない。セシリアを傷つけないようにする優しさを感じた。だから不思議な心地よさを感じるのかもしれない。

「その男は、あなたの胸をどんなふうに弄《いじ》ったんだ？」

具体的な内容を求められ、羞恥《しゅうち》で頬がさらに赤くなる。答えられずにいると、耳を舐めていたダリウスの唇がふと、離れた。

「こんなところに、印がある」

何のことかわからず戸惑っていると、ダリウスが突然肩口に強く吸いついてきた。

「……っ……っ」

鋭い痛みにも似た感覚に、セシリアの背筋が小さく仰け反る。ダリウスはまるで羽交《はが》い締《じ》めするかのように強く抱きしめ、同じ痛みを今度は肩に近い背中に与えてきた。だが痛みは一瞬でそのすぐあとには鈍い心地よさがやってくる。

(これは、何……？)

ダリウスが、大きく息を吐いた。どこか満足げなそれのように思える。

「これで、上書きは終わった。あなたはその男にではなく、俺に乱された」

言い聞かせるように言われて、セシリアも大きく息を吐きながら頷く。直後、二人の耳に女官の声が届いた。

「姫さま！　セシリア姫さま、いらっしゃいますか!?」

女官たちの声の中には、アナのひどく心配そうな呼び声もある。一番気心知れている侍女の声にホッとして、セシリアは思わず微笑んだ。

「あなたの侍女たちか？」

「はい。私に良くしてくれる者ばかりです」

「ああ、姫さま、見つけましたわ！　お戻りにならず、アナは心配で心配で……！」

アナと女官たちがセシリアの姿を見つめたまま立ち竦《すく》み、おもむろに今度はダリウスを見る。乱れた自分の姿にハッとし、セシリアが慌てて状況を説明しようとした直後、女官長が新たに何かに気づいて膝を折った。

「こ、これは、アルドリッジ国王陛下！」

彼女の言葉にアナたちが次々と膝をつく。気楽な旅着姿では、やはりすぐにはアルドリッジ国王だと思えなかったのだろう。

ダリウスはセシリアが落としてしまった外套を取り上げながら、鷹揚《おうよう》に頷く。旅着姿のままでも国王としての威厳がその瞬間に感じられた。

「姫にはとても忠実な侍女たちが揃っているようだ」

ダリウスを数瞬でも主《あるじ》を汚したかもしれない獣《けもの》として見たことは、その言葉で許される。

女官たちは安堵の息を零した。

「だが、全員は連れて行けないぞ。アルドリッジの民になる以上、祖国のものは必要最低限にしてもらいたい。こちらの面子というのもあるからな」

「か、かしこまりました」

ダリウスとの婚姻が急に現実味を増してきて、セシリアは慌てて頷く。ダリウスは小さく笑って、身を翻《ひるがえ》した。

「国王代理に挨拶をしてこよう。あなたも身支度を整えてから戻るといい」

「はい、ありがとうございます」

女官の一人を案内役につかせて、セシリアはダリウスの背中が見えなくなるまで見送る。

そのあと、女官たちに向き直った。

「新しいドレスに着替えるわ。支度をお願い。もうこんな男の方を誘うドレスでなくていいわ」

何か言いたげな顔をしていたものの、女官たちは命じられるままにセシリアの部屋に向かう。セシリアはアナとともに自室に戻り始めた。

「ひ、姫さま」

「そういうことになったのよ、アナ。陛下は私を望んでくださった。私はアルドリッジ国王陛下の妃になって、ローズレンフィールドは救われる。本当に、よかった……」

ヒースたちが一番望んでいた結果になったのだ。目的を果たせたことに安堵して、強い疲労感を覚えてしまう。このままベッドに入りたいが、すぐに身支度を整えて大広間に戻らなければ。

セシリアに付き従いながら、アナは小刻みに震えた。

「で、では、私の麗《うるわ》しの姫さまは、あの方に穢《けが》されてしまわれたのですね……!」

「あの方は紳士だったわ。私を穢してはいません」

アナの誤解を、セシリアはすぐさま否定する。

「ですが、姫さまの乱れようはそうとしか思えません……!」

「これは少し事情があって……」

ファマス国第二皇子にされたことをアナに教えるのは、躊躇《ためら》われた。それに、必然的に上書きと称してされたダリウスの感触を思い返すことにもなる。セシリアは顔を赤くして、歩を速めた。

「と、とにかく！　アルドリッジ国王陛下は私を気に入ってくださったようなの。だから私は、あの方の妃になります」

今度は別の意味でアナが声を震わせる。

「私の姫さまがこんな……身売りのようなご結婚をすることになるなんて……」

「そうね。でも、そんなに悲しむ必要はないわ。これで国が救われるのだもの。私はそれでいいのよ」

「姫さま……」

アナはそれ以上何を言えばいいのかわからず、口を噤《つぐ》んでしまう。セシリアは安心させるために明るい笑顔を浮かべた。

「さあ、アナ。着替えを手伝ってね」


案内役の女官は控え室へと案内しながら、不躾にならないようにしつつ、時折こちらを見てくる。こんなふうに単身で旅着姿でふらりと現れるとは思ってもいなかったのだろう。ダリウスにしてみればこの格好の方がかつての自分に近くて、気持ちは楽なのだが。

生まれた頃より王族として生きてきたわけではない。ダリウスから見ると王族や貴族たちの生活には無駄と不要が多すぎるように思える。それがいわゆる貴族社会というものなのだろうが、それに慣れる日は来なさそうだ。

室内にはルイスが用意してくれていた盛装一式が用意されていた。部屋付きの召使いが着替えを手伝ってくれるが、ダリウス一人でも身支度はできる。この辺りも、王となってもなかなか慣れないところだった。

召使いに着替えを任せてしまえば、することがない。自然とダリウスは先ほどのセシリアとのくちづけを思い出していた。

時折夢想はしていたが、実際にはそんなことができる相手ではないと思っていた憧《あこが》れの人とのくちづけだった。

抱きしめた身体はきつく引き寄せたらぽきりと折れてしまいそうなほど華奢《きやしや》で、なのにどこも柔らかくかすかに甘い花の香りがした。提案した件についてセシリアは実に嬉しい返事をくれたから、契約の証としたくちづけも、触れるだけにしようと思ったのに柔らかく甘い唇の感触を知ってしまったら理性が吹き飛んで、深く思うままに貪《むさぼ》ってしまった。

セシリアの身体はあまりの激しさと濃厚なくちづけについていけず、震えて息を乱し、涙目になって甘い吐息を繰り返した。それを見ただけで庭園の中でも構わず押し倒し、美しく柔らかな身体を貪りたくなった。

(いや、落ち着け。あの人は男とのくちづけも、初めてだったんだぞ)

くちづけの仕方を知らなかったために、軽い呼吸困難になったほどだ。来たる即位の日には女王となり、ローズレンフィールドのために選んだ夫に、純潔を捧げるつもりだったのだろう。

(……男とのくちづけもまだだったなんて……)

セシリアにとっての初めてのくちづけを、自分が奪ってしまった。だが、セシリアの方もただ奪われるだけではなく、少し応えてくれたようにも思える。自分が単にそう思いたいだけかもしれないが、それはあえて気にしない。

(可愛《かわい》いすぎ、だろう……っ)

内心で口元を押さえて悶《もだ》えてしまう。……無論ダリウスのそんな気持ちは表情には表れず、相変わらずの無表情だ。召使いはダリウスの心の動きにはまったく気づくことなく着替えを終わらせ、一礼してから退室した。入れ替わりに現れたのは、ルイスだ。

「ああ、陛下！　無事のご到着、安心いたしました」

道中の無事に安堵したのもつかの間、ルイスは少し難しい顔をしてダリウスに歩み寄る。

「ファマス国第二皇子がセシリア姫に接触を持ったようです。姫の叔父君は彼を第二候補にしているようですね。今、姫たちは庭園を散策しているようですが……陛下、いかがなさいますか？」

(なるほど、あの人に手を出そうとしたのはそいつか)

ダリウスはルイスが意図せず教えてくれた制裁を加えるべき相手を、心に刻む。付き合いが長いからこそダリウスの纏う空気がひどく剣呑《けんのん》なものになったことに気づき、ルイスは訝《いぶか》しんで呼びかけた。

「へ、陛下？」

「いや、何でもない」

「何でもない感じはしないのですが……大丈夫ですか？　何かありましたか？」

(何か？　それはもちろんあった。あの人と、くちづけを……)

セシリアにくちづけたときのことを再びまざまざと思い出したダリウスは、そのときの衝撃も思い出して思わず口にしてしまう。

「……ルイス。姫はくちづけが初めてだった」

「それはまあ……ローズレンフィールドの次期女王としてとても大切にされていたでしょう

からね」

「そうだな。とても大切にされている姫なんだ……」

「……あ、あの、陛下？　どうしてそんなことを知っていらっしゃるんですか？　もしや姫とお会いになられたのですか？」

矢継《やつ》ぎ早《ばや》に尋ねてくるが、教えるつもりは毛頭ない。あんなに可愛いセシリアのことは、自分だけが知っていればいい。

「セシリア姫との件は、問題ない。これからローズレンフィールド国王代理に会談を申し込む。姫もそこに同席する。姫は俺との婚儀を了承してくれた」

あまりにも予想外の急展開に、ルイスの瞳が零れ落ちそうなほど大きく見開かれる。

「い、いつの間に……い、いえ、陛下にとっては大変喜ばしいことなんですが……！」

どうしてそういうことになったのかが想像できず、ルイスは珍しくしどろもどろになっている。ダリウスはそんな側近に小さく笑って答えた。

「この婚儀は、密約だ。あの人はローズレンフィールドを救うために、俺と結婚する」

【2】


候補者へのセシリアの品定めパーティーは、ダリウスの登場によって、すぐにその意味を失ってしまった。

肖像画通りの凛々《りり》しく存在感のあるダリウスには、ファマス国第二皇子はもちろんのこと、他の候補者たちも圧倒されてしまっていた。ダリウスが着替えを終えたセシリアを連れてヒースに結婚の希望を口にすれば、反対する者はこの場の誰もいない。セシリアもダリウスとの婚儀を望むと続ければ、ローズレンフィールド側からは喜びの声が上がったほどだ。

ファマス国第二皇子はこの急展開についていけていない顔をしていて、その戸惑いの表情を思い返すと、いけないとわかっていても胸がスッとする。

パーティーではダリウスとだけ踊り、他愛《たあい》もない話をして過ごした。ダリウス自身はあまり会話をする質《たち》ではないらしく、短い時間では彼の個人的なことについて何も知ることはできなかった。

それも仕方ないことだろうと、セシリアは思う。ダリウスの人となりはこれから知っていけばいい。自分はこれから彼の妃になるのだから。

（私たちはいわゆる契約結婚だけど……私が妃でよかったと思ってもらえるようになりたいわ）

ローズレンフィールドを救ってもらう対価が、自分だ。それに見合っていると思ってもらわなければ、援助が打ちきられてしまうかもしれない。そんなことにならないようにしなければ。

――パーティーから数日経ったこの日、セシリアは馬車でアルドリッジに向かっている。この日は門出《かどで》を祝うように抜けるような晴天で風も穏《おだ》やかで優《やさ》しく、気持ちのいい日だった。

馬車の揺れを感じながら、セシリアは国を出るときにした決意を、改めて強く思う。

ローズレンフィールドとアルドリッジは隣接しており、国境の一つとして、アンセリウム河があった。基本的にアルドリッジに行くときは、この河にかかる大橋を渡るのが基本だ。セシリアの馬車も、まずはそこを目指していた。

馬車ならば朝のうちに出立すれば、夕方前には到着することができる。ローズレンフィールドが小国であるがゆえの近さだった。

――パーティーのあと、セシリアとヒース、ダリウスとルイスが会談の場を持った。セシリアを正式に妃として迎えたいこと、そのために必要なことは『何でも』すると言われて、ヒースは安堵《あんど》と喜びの満面の笑みを浮かべた。そのあからさまな態度に、かなり恥ずかしくなったほどだ。

だが、セシリアが妃となるのは大国アルドリッジの国王だ。招待状を受け取った時点でセシリアを妃とすることに国としての問題がないことはわかるが、国王の婚儀となると様々な準備がある。ダリウスは浪費家ではなく、むしろ華美《かび》さを好まないため、国王の婚儀として恥ずかしくない程度に抑えたいとの要望を受けた。ヒースは豪華《ごうか》な婚儀を期待していたらしくひどくガッカリしていたが、セシリアもその方がよかった。

むしろ、そんなふうに言うダリウスを好ましく思った。

（王族として最低限の贅沢《ぜいたく》でいいと断言できるなんて、民のことをよく考えていらっしゃるということだわ）

諸国への招待状の送付、祭りの準備、衣装の製作など、しなくてはならないことは山ほどある。セシリアはその準備期間、妃教育のためアルドリッジに滞在することが要求された。

セシリア自身、外交的知識としてアルドリッジのことを知っているが、妃として必要な量にはほど遠い。妃教育はセシリア側から申し込もうと考えていたこともあり、与えられた提案には二つ返事で頷《うなず》いた。あまりにも快い返答に、ダリウス側が驚いたほどだ。

大橋のアルドリッジ側では、ルイスが待っている予定だ。ダリウスは急に決まった婚儀のためにいろいろとしなければならないことがあるらしく、出迎えは恐らく城になるだろうと聞いている。

他国に嫁《とつ》ぐため、侍女《じじょ》や荷物はなるべく最低限に抑えた。急に決まった婚儀に加えてセシリアが他国に行ってしまうことに、ローズレンフィールドの民の多くが悲しんでくれた。慰《い》問《もん》に行っていたところの子供たちはなかなか泣き止まずに宥《なだ》めるのに苦労した。そんなふうに自分の存在を惜しんでもらえたことが、何よりの餞別《せんべつ》だと思える。

（この婚儀は、祖国を助けるもの）

そしてできればほんの少しでもダリウスと心を通わせて、契約的結婚の中でも想い合える夫婦になりたい。ダリウスはそんな自分の願いを嘲笑《ちょうしょう》しなかった。ならば、願いが叶う可能性は高いはずだ。

（そのためにも、良き王妃にならないといけないわ）

セシリアの膝《ひざ》には分厚い歴史書がある。まずはアルドリッジ国の歴史を予習しておこうと、自分なりにこの日までに少しずつ勉強はしていたのだ。

「姫さま。そんなに根《こん》を詰めてしまったら、乗り物酔いをしてしまいますわ」

真向かいに座ったアナが、見かねて呼びかけてくれる。確かに少し胃がムカムカしていたが、アナに心配かけないよう口にはしていなかった。それをアナは見逃さない。

「いけません。一度ご休憩をなさってください」

アナが馬車の小窓を開け、水筒《すいとう》の茶をカップにいれてくれる。アナの隣には大きな蓋《ふた》つきバスケットがあり、その中にセシリアが馬車でも快適に過ごせるよう様々なものが用意されているとのことだった。

ぬるまってしまった茶だったが、冷めても美味しくふんわりと香りを感じる茶葉を選んでくれている。一口それを飲んで小窓から入る風を感じると、気分も少し良くなった。

「準、準備がいいわね……」

「これくらい当然ですわ！　姫さまのことは私が一番よく存じ上げていますもの。姫さまのお世話は、誰にも譲《ゆず》りません！」

セシリアと同じ歳のアナは、生まれたときから一緒にいる。アナの母がセシリアの乳母《うば》となり、侍女頭となった。アナは母親とともにセシリアの遊び相手から侍女となり、今では母親の後を継いで侍女頭となっている。生まれた頃からともにいるため、アナがセシリアに向けてくれる想いは、随分過剰《かじょう》なものだった。

だが、自分のために、アルドリッジにまで一緒に来てくれるアナの気持ちは嬉しい。

セシリアはアナの隣に移動し、両腕を伸ばして優しく抱きしめた。

「ありがとう、アナ」

「ま、まあ……急にどうなされましたの、姫さま。わざわざお礼を言っていただく理由が思いつきませんわ」

セシリアの身体を抱き返して、アナは答える。彼女らしい気遣いに微笑《びしょう》を返すと、アナはふと、表情を曇《くも》らせた。

「ですが姫さま……私、心配なこともあります」

アナが神妙な顔で、切り出す。いくら隣国とはいえまったく違う環境へと向かうのだ。アナが不安を持ったとしても何ら不思議はない。

アナを安心させるように、セシリアは柔《やわ》らかく笑いかけた。

「何が心配なの？　私には遠慮せずに話してちょうだい」

アナは数瞬躊躇《ためら》うように視線を彷徨《さまよ》わせたあと、思いきって口を開く。何やらひどく深刻そうな様子に、セシリアも自然と表情を改めた。

「アルドリッジ国王陛下のお噂《うわさ》を、ご存じですか？」

「……噂？」

セシリアは頭の中でダリウスに関する情報を思い浮かべる。これから夫婦になるのだから少しでもダリウスの人となりを知りたいと、セシリアなりに彼の情報はこの日までに集めていた。

一つ、心に引っ掛かる情報はあった。おそらくアナが言おうとしていることも、それだろう。セシリアはわざと気づかないふりする。

アナが声を潜《ひそ》めた。

「……陛下に、黒い噂があると……」

「黒い噂とは何なの？」

「姫さま！　知らないふりをするのはおやめくださいませ！」

誤魔化《ごまか》そうとするセシリアを、アナは鋭く窘《たしな》める。それでもセシリアが答えようとしない様子を見ると、軽くため息をついて続けた。

「陛下のお父君……先代国王がお亡《な》くなりになられたのは、陛下が企《たくら》んだことだと」

セシリアは視線を伏せた。

ダリウスの父親である先代アルドリッジ国王は、十年前に病死した。国王の死は病ではなく誰かが殺意を持って企《くわだ》てたものではないかと、当時は囁《ささや》かれたという。国王の病は原因不明でもあり、また倒れてから死に至るまでわずか数日しかかからなかったからだ。その状況から毒殺ではないかと言われている。そんな状況下で先代国王崩御《ほうぎょ》と同時に、ダリウスはまだ少年とも言える若さでアルドリッジの国王になった。

ダリウスの出自には、公にされていないことの方が多い。それゆえに黒い噂も出てきているのだろうと、セシリアは思っている。まだ、ダリウスのことは何も知らないのだ。その黒い噂を信じるに価《あたい》するだけのことも、何も。

（そんな噂があるなんて、あのパーティーのときにはまったく思えなかったわ……）

表情が乏《とぼ》しいから、感情が読み取りにくい。それでもこちらを気遣う優しさを感じることができた。悪い人には思えなかった。……いや、思いたくないのかもしれないが。

（それに、私が契約的な結婚でも夫婦としての絆《きずな》を育《はぐく》めるようになりたいって言ったときに、笑ったりしなかったのよ）

王族の結婚にそんなものを求めるなとも窘められなかった。ダリウスも自分と同じように、縁は政略的でもそこに何か絆や情を求める質なのかもしれない。

（彼の出自は謎に包まれていると言われているし……もしかして、『家族』というものに何か思うところがあるのかしら……）

ダリウスのことをあれこれ考えているうちに、セシリアは自然と無言になってしまう。それを見て、アナが瞳を潤《うる》ませた。

「姫さま……あの、このご結婚……もう一度考え直した方がよろしいのでは……」

「今更そんなことができるわけないでしょう？　この話はここでやめにしましょう」

アナはかなり不満げだったが、黙ってくれる。そして小窓の外を指し示した。

「姫さま。セリウム大橋ですわ」

言われて小窓の外に視線を投げれば、緩《ゆる》やかに流れていく大河に架《か》かる石橋が見えた。晴天から降り注ぐ陽光が、セリウム河の水面《みなも》や大橋の白石をキラキラと輝かせている。

今日この時間帯は両国に触れが出されていて、セシリアが国に入るまでは一般民の通行は禁止されている。代わりにアルドリッジ国近衛《このえ》兵が白を基調とした制服を纏《まと》って、大橋に一定間隔に配置されていた。

アルドリッジ国に入るのだと改めて意識して、セシリアは馬車の中で居住まいを正す。大橋の真ん中辺りにルイスの姿を認めた直後、セシリアは大きく目を見張《みは》った。

ルイスの一歩前には、白馬を引いたダリウスがいる。近衛兵と同じ制服だったが、要所は金糸《きんし》があつらわれ、胸には様々な徽章《きしょう》が留め付けられていた。マントは深い蒼《あお》で、背筋が真《ま》っ直《す》ぐ伸びた凛とした立ち姿に、これ以上ないほど似合っている。

（へ、陛下はここまでは来られないって……！）

驚きの鼓動がときめきのそれに変わったような気がして、セシリアは赤くなる。アナもダリウスの姿を認めて目を丸くしていた。

「陛下にはお城でお会いするものばかりだと思っていましたのに……」

馬車はダリウスの目の前で停まる。ルイスがすぐさま歩み寄り、扉を開けてくれた。御者《ぎよしや》が踏み台を置く。セシリアは注視されているだろうことを意識して、できうる限り優雅さを心がけながら一歩を踏み出そうとした。

「……陛下、お待ちを……っ」

そのとき、少し焦《あせ》ったようなルイスの声が聞こえた。どうしたのかと訝《いぶか》しむより早く、セシリアの目の前にダリウスの姿が迫っていた。

ダリウスは馬車の入口に逞《たくま》しい体軀《たいく》を押し込むように、やって来る。表情に乏しいため、何をするつもりなのかすぐにはわからない。

ダリウスは身を強張らせたセシリアの身体に腕を回し、抱き上げた。

「きゃ……」

横抱きに抱き上げられ、セシリアは驚いてかすかな悲鳴を上げてしまう。異性にそんなことをされるのは初めてな上、長身のダリウスに抱き上げられるといつもより目線が高くて何だか怖い。セシリアは反射的にダリウスの胸元を縋《すが》りつくように握りしめた。

「ア、アルドリッジ国王陛下！　急にこんなことをされるなんて、無礼ですわ！」

ルイスがアナの前に立ちふさがり、冷徹《れいてつ》に見下ろした。

「それはこちらの言い分だ、女。陛下に向かって何たる無礼な言葉を吐いている？　そこへ直れ」

キツい容赦《ようしや》のない口調で言いながら、ルイスは腰の剣を抜いている。アナはもちろんのこと、セシリアも仰天《ぎょうてん》した。

「ま、まままままま、まさか私を斬《き》ると……!?」

「当たり前だ。陛下に無礼な口を利いた罰を償《つぐな》えるのは命しかない」

「……へ、陛下!」

ダリウスの腕の中で、セシリアは慌てて身を捩《よじ》るようにして彼を見上げる。ダリウスは無表情のまま、ルイスをちらりと見やって言った。

「ルイス。彼女は姫が一番信頼している侍女だ。そんなことをしてはならん」

「……はい。陛下がそう仰るのでしたら」

ひどく不満げではあったものの、ルイスはおとなしく剣を収める。アナが再び怒りの声を上げる前に、セシリアはダリウスの腕の中から身を乗り出して言った。

「いけません、アナ! これから一緒に陛下にお仕《つか》えするんだから、みんなと仲良く、ね?」

「……う、う、う……わ、わわわ、わかりました、わ……!」

ダリウスはセシリアを抱いたまま白馬に近づいていく。触れ合う場所から、ダリウスの怒りは一切感じられなかった。

セシリアはダリウスを改めて見上げて、そっと言う。

「陛下、あの……アナの無礼をお許しくださり、ありがとうございます」

「怒る必要がどこにある? 彼女はあなたに断りもなく触れた俺の無礼さに腹を立てただけ

だ。忠実で主人を慕《した》う良い侍女だ。ルイスの方も彼女と同じで少し俺に関して過保護すぎるところがある。すまなかった」

ひとまずダリウスにそう言ってもらえたことで、ホッとする。ダリウスがふと今更のように気づいて、セシリアを見下ろした。

「もしかして俺にこうされるのは、嫌だったか」

「……い、いいえ、そんなことは……！」

「そうか」

ダリウスが、どこかほっとしたように安堵の息をついた。再び前方を向いて白馬に向かいながら、ダリウスは続ける。

「あなたをこうして出迎えたことで、俺があなたを求めて婚儀を結んだと周囲に知らしめることができる」

そんな考えを持っていてくれたとは、思いもしなかった。セシリアはダリウスの気遣《きづか》いに微笑し、その胸に自然ともたれかかった。

「色々とお気遣いくださって、ありがとうございます」

そんなセシリアの様子に、ダリウスの唇の端《はし》が、ほんの少し緩《ゆる》まった。笑ったように見えたのは、気のせいだろうか。

ダリウスはセシリアを白馬に乗せてくれる。白馬はダリウスの言うことを聞いて、とてもおとなしい。セシリアを横抱きにする格好で、ダリウスも馬上の人となる。

ルイスの方に目を向けると、彼は何もかもわかっている表情で頷きを返す。ダリウスは手綱《づな》を握ると、馬を走らせた。ダリウスの後に、ルイスたちが続く。

馬の歩は、速くない。馬車の速度とさほど変わらない、緩やかなものだ。それでも自分の周囲に囲いがないだけで、ひどく開放的な気持ちになる。国境付近だからこそ風景は田舎風で、セシリアの瞳に馴染《なじ》みがあった。

セシリアの銀髪を優しく撫《な》でて通りすぎていく風は、余計なものを一切含まずに清々しい。馬車の揺れによる気持ち悪さを、柔らかく拭《ぬぐ》い取ってくれる。

「……気持ち、いい……」

思わずセシリアは、気持ちのままに呟《つぶや》いている。頭上でダリウスが低く優しい声で言った。

「このまま城へ向かう。俺の馬ならば、馬車よりも気分よく連れていくことができる」

気分よく、というダリウスの言葉に引っかかりを覚えて、セシリアはダリウスを見上げる。

「顔色が少し悪い。馬車酔いをしたか？」

「……あ……」

気づかれていたのか、とセシリアは今更のように頬を押さえた。

「い、いえ、大丈夫です。ほんの少し気分が悪くなっただけですし、こうして外の空気を吸ってもうまったく大丈夫です」

「ここからなら数時間だ。俺の馬は速いからな。疲れたら俺の胸にもたれかかっていい」

「……ありがとうございます……」

不思議な心の暖かさが、やって来た。これは何だろうと思いながらセシリアは淡《あわ》く微笑《ほほえ》み、ダリウスの胸にそっと頭をもたせかけた。

王城へと向かう合間に、幾つかの村や町を通っていく。その度に民たちからセシリアに歓迎と祝いの言葉が投げかけられ、時には可愛らしい花束が贈られた。王都の城壁が見えた頃にはセシリアの腕の中はもらった花束で溢れそうになり、優しい花の香りが気持ちを穏やかにしてくれる。

婚儀はまだ後とはいえ、突然決まったダリウスの結婚を受け入れてもらえるかという不安は、ここに辿り着くまでに綺麗《きれい》に拭い去られていた。民たちは皆、ダリウスを慕い、次々と労わりと感謝の言葉を投げかけてきた。ダリウスは表情にはあまり出なかったものの、彼らに応える瞳が優しく暖かく、民を大切にしていることがよくわかる。そしてそれを、民たちも正しく受け止めていた。

自分とは違う民たちとの結びつきは、とても好ましく思えた。特にダリウスが、身分や貧富の差なく同じように対応していることが強く心に響いた。

そんなやり取りをしながらアルドリッジ城に到着する。城壁の門扉は開かれていて、セシリアたちが入ってくるのを待っていた。城壁は堀でぐるりと囲まれていて、正面の跳ね橋を渡っていく。

陽光を弾く白石を重ねて築き上げた王城は、確かに大国に相応《ふさわ》しい圧倒的な造りをしていた。セシリアは自国とはまったく規模の違うそれを見て、少し怯《ひる》みそうになる。

大国の王妃。それの言葉にし難い圧迫感を、改めて自覚した。

(頑張《がんば》らないと……！)

「ここが、これから私の住まいとなるのですね」

「ああ、そうだな」

「アルドリッジの民たちは、皆、陛下をお慕いし尊敬していることがよくわかりました。陛下が恥ずかしい思いをしないよう、頑張ります」

セシリアの言葉には、自然と気張りが含まれてしまう。微笑みも少しばかり強張ったものになってしまっていたが、当人はそれに気づけていない。

ふいに、ダリウスの指がセシリアの頰に触れた。剣を握り国を導く骨ばった指が、頰の丸みを撫でてくる。まるで猫か犬をあやすような仕草は、くすぐったい。

「……へ、陛下？」

呼びかけてもダリウスはすぐには答えず、その指を今度は顎《あご》の下に移動させる。喉元を優しく撫でられ、セシリアは不思議な心地よさと一緒にやって来るくすぐったさに、思わず小さく笑った。

「……ふ、ふふ……へ、陛下、くすぐったい、です……っ」

「あなたはここが弱いのか？」

「ん……いけませ……ふふ……あ、ん……」

ダリウスの指が悪戯《いたずら》するように動くため、セシリアは腕の中で小さく笑いながら身を捩《よじ》ってしまう。びくっ、とダリウスの指が強張った。

セシリアはくすぐったさから解放されて、思わずほっと息をつく。今度は急に止まってどうしたのだろうと見上げると、ダリウスの表情は変わっていないながらも頬がほんのり赤くなっているように見えた。

「陛下？　どうされましたか？」

「何でもない」

戸惑って声をかければ、ダリウスはすぐに指を離してしまう。これは、一体何だったのだろう。だが先ほどの気張りは解けていて、セシリアの笑顔はいつもの彼女らしいものになっている。

城門をくぐると、庭園だ。色とりどりの花が咲き誇《ほこ》り、綺麗《きれい》に世話がされている庭園を突っきって城に入る。

ダリウスが馬を止め、セシリアを降ろしてくれた。直後、それを見計らったかのように、年配の男たちがやって来る。格好からして貴族の――特に、政《まつりごと》に近い重鎮《じゅうちん》たちなのだろうと想像できた。

皆は足早にやって来ると、セシリアの前で礼をした。

「セシリア姫さま、ようこそいらっしゃいました」

「お出迎えを、どうもありがとう」

いつもの自分らしい笑顔を浮かべて応えたセシリアに、重鎮たちがわずかに見惚《みと》れたような顔をした。直後にダリウスがセシリアの隣から一歩踏み出す。

「お前たちが用があるのは、姫にではなく俺だろう」

「……あ……は、はい！」

ハッと我に返った彼らの中で一番年長の男が、ひどく言いにくそうに続けた。

「早速なのですが、陛下をお借りいたします。この婚儀に関してや他にも進めなければならない事案がございまして……」

「私のことはどうぞ気になさらないでください。政を滞《とどこお》らせてしまうことの方がいけないことだわ」

「今宵《こよい》は歓迎の晩餐《ばんさん》のご用意をしております。それまでごゆるりとお休みください」

礼を言うと、男たちはダリウスを取り囲みながら奥へと連れて行ってしまう。ダリウスはその際にルイスに後のことを任せる命を下していた。

「セシリア姫、こちらへどうぞ」

すべて心得ているというようにルイスは戸惑《とまど》いをまったく見せず、セシリアとアナを用意された部屋に連れて行ってくれる。他にも召使いたちが次々と合流し、荷物を運び始める。

ダリウスに一言別れの挨拶《あいさつ》をしたくなって、セシリアは離れていく彼の背中を振り返った。

「まったく、我らの言葉も聞かずに勝手に出迎えなどしおって」

「この婚儀も陛下が主導になって決めたことだしの。我ら重鎮たちの要望など、聞く耳なかったわい」

「まああの程度の小国の財政難など、アルドリッジでは痛くもないがな」

――セシリアの耳に、潜《ひそ》めた声で交わされる会話が届いた。それはダリウスからは一歩後ろで付き従っていく男たちの者だった。明らかにダリウスへの悪口だ。

(……なんて不敬なことを……)

今すぐにでも追いかけて窘《たしな》めたい気持ちになったが、まだこの国の貴族たちの力関係がわからない以上、それは口にできない。ダリウスの心を傷つける言葉に彼が気づいていないのならば、無理矢理それを明るみにするのも躊躇《ためら》われる。

「そもそも、前国王の病死も本当にそうかはわからぬからの」

「……ああ、あの黒い噂か。だが、陛下ならばやりかねん……」

ダリウスにまとわりつく父殺しの黒い噂のことを、彼らはひっそりと口にして立ち去っていく。セシリアは緩く唇を噛《か》みしめた。

(本当にあの方がそんなことをするのかしら……)

自分のあとについてこないセシリアを心配げに振り返り、ルイスが言う。

「姫さま？　どうかなされましたか？」

「いいえ、何でもないわ。お城の素晴らしさに圧倒されてしまって」

当たり障《さわ》りのないことを答えて、セシリアはルイスの案内について行く。城の構造などを説明してくれているルイスの話をアナと聞きながら歩いていたセシリアは、ふと聞きたいことができて問いかけてみた。

「ルイス。あなたは陛下の側近となって、長いの？」

「そうですね、陛下の幼少時からお仕えさせていただいていますからかれこれ二十年以上のおつき合いとなります」

「まあ、そんなに？　陛下が信頼してずっと長くお傍《そば》に置いているのね」

「信頼はしていただいていると自負していますよ。何しろ陛下が一番お辛い幼少時を、共に乗り越えてきましたから」

（……辛い幼少時……？）

ダリウスの人となりをもっと知るためのきっかけになるのではないかと、セシリアは意気込む。

「それはいったい、どういうお話なのかしら？」

ルイスは一度唇を開きかけるが、何かを思い直したように閉ざしてしまう。期待を込めて見返すセシリアに、ルイスは困ったように笑った。

「申し訳ございません、姫。それは是非《ぜひ》とも陛下から直接お聞きになってください」

そう言われてしまうと、セシリアも強引に続きを聞き出すことが躊躇われてしまう。口ごもったセシリアの背後から、直後アナが怒りの表情でルイスに詰め寄った。

「もったいぶらずに教えなさい！　姫さまが知りたいと仰《おつしや》られているのですよ!?」

「……余計な口を挟《はさ》むな、女」

「んまぁ！　また私のことを女呼ばわりして……!!　許しませんわ、許しませんわよ!!」

「ほう？　どう許さないと言うんだ？　きゃんきゃん騒いでいるだけのくせに」

ルイスとアナが互いに睨《にら》み合って喧嘩《けんか》を始めようとする。セシリアは慌てて間に割って入り、アナを叱りつけた。

「駄目よ、アナ。仲良くやっていってねってお願いしたばかりのはずだわ」

「……も、申し訳ありません、姫さま……」

しゅんっと肩を落としてしまったアナに、ルイスは鼻を鳴らす。二人の仲はなかなか好転しなさそうだと思いながらも、セシリアはルイスに笑いかけた。

「きっと陛下にとっては大切な思い出に関わることなのでしょう？　ならば確かに人づたいに聞くのは失礼だと思うわ。ルイス、教えてくれてありがとう」

セシリアの言葉に、ルイスは満足げに微笑み返した。


ルイスが案内してくれた部屋で、セシリアはひとまずソファに腰を落ち着かせ、アナがいれてくれた茶でくつろいだ。

寝室を中心として右手にダリウスの部屋が、左手にセシリアの部屋が続いている。寝室にはそれぞれの部屋側に扉があり、それを閉めてしまえば互いに個人的な空間が持てる造りになっていた。

調度は落ち着いた雰囲気でまとめられていて、華美《かび》すぎないところがセシリアの好みだった。くつろげることを最優先に考えて用意されたのがわかる。ダリウスの心遣いかと思うと、嬉《うれ》しい。

寝室のベッドは大人の男性が四人はゆったりと横たわることができるほどに大きく、清潔な真っ白いシーツとカバーで整えられていた。あのベッドに今夜はダリウスと眠るのだろうかと想像すると、やはり緊張する。

(い、いいえ。これも王妃となることを決めたときにわかっていたことじゃない)

それに、ダリウスに国を助けてもらう見返りとして支払えるものは、自分にはこの程度しかないのだ。セシリアは改めて決意を固める。

――だがセシリアの決意に反して、その夜、この広いベッドに座っているのは自分だけだった。

ダリウスの執務はセシリアがベッドに入る時間になっても終わらないらしい。セシリアはダリウスが戻ってくるまで待とうと、ここで本を読んでいた。もちろん、アルドリッジ国の歴史書の続きだ。

(……結局、陛下とお話しできたのは少しだけだったわ……)

晩餐会までダリウスは執務で、食事の席にやって来ただけだった。主《おも》だった貴族たちをセシリアに紹介する――そして彼らにセシリアを王妃として迎えることを改めて教えるための晩餐会だったため、そこに個人的な会話はほとんどなかった。出された料理の味についてかろうじて交わせたくらいだった。

それだけの少ない会話で情を深める効果など、あるわけがない。部屋に戻ればゆっくり話ができると思ったのに、この状況だ。なかなか上手くいかないどころか、ダリウスに放って置かれているようにも思える。

（……これから王妃になるのに、これでいいのかしら……）

いけないいような気がする。王妃よりも執務を優先してくれるのはセシリアにとってはとても頼り甲斐《がい》があるし好感も持てるのだが、婚儀はまだ少し先とはいえ興味を持たれていないように思えてしまうのだ。

まだ、ここに来たばかりだ。明日はダリウスとの時間も作れるだろう。もしその時間がないのならば、何とかして作らなければ。

「……ふ……」

セシリアの唇から、噛み殺しきれなかった欠伸《あくび》が漏れる。眠ってはいけないと軽く頬を叩いて、セシリアは改めて歴史書に視線を落とした。

だが本人の願いに反して身体は素直で、気づけばセシリアは他国に来た緊張と疲労に勝つことができず、深い癒《いや》しの眠りに落ちてしまっていた。

ベッドの寝心地のよさとは違う温かさが、隣にある。すっぽりと包み込まれるぬくもりは、とても気持ちがいい。セシリアはゆっくりと瞼《まぶた》を開きながら、そのぬくもりに頬を擦り寄せた。

(何かしら。抱き枕……じゃ、ないわ……っ!!)

抱き枕の柔らかさからは程遠いがすっぽりと包み込まれる安心感があるそれは、隣に眠る夜着姿のダリウスだった。包み込んでいた感触は、ダリウスの片腕だった。

危《あや》うく上げそうになった悲鳴は飲み込み、セシリアはダリウスを起こさないように気をつけながら身を離す。

落ち着いた寝息に変わりがないことにホッとしながら、セシリアは改めてダリウスを見つめた。整った顔立ちは国王という立場ゆえか厳しさが表立っているように思えるが、目を閉じていると眼差しの強さが弱まって穏やかな表情に見える。

(ベッドに入られたのはいつだったのかしら……)

ダリウスが戻ってくるのを待っていたのに、疲労に負けて眠ってしまったことが恥ずかしい。先に眠ってしまっていた自分を見て、ダリウスは何を思ったのだろうか。

(もうすぐ夫になる人より先に眠って、駄目な王妃と思われたかしら……!?)

一気に不安がやって来て、ダリウスを起こして確かめたくなってしまう。だがそれをぐっと堪《こら》え、セシリアはブランケットを肩まで引き上げてあげようとした。

その仕草に促《うなが》されたのか、ダリウスの瞳が開いた。ブランケットを引き上げている真っ最中だったためダリウスとの顔の位置がとても近く、セシリアは身を強張らせるように動きを止めてしまう。

挨拶すら忘れてしまい、セシリアはただダリウスの瞳を見返す。ダリウスもまた無言のままじっとこちらを見つめてくるだけだ。奇妙な沈黙《ちんもく》が寝室に漂《ただよ》う。

(ど、どうして陛下はこう……わ、私をじっと見るのかしら……っ)

こんなふうに食い入るように見つめられると、どうしたらいいのかわからなくなってしまう。セシリアには男女の際どいやり取りの経験など一切ないのだ。

ダリウスの手が、動いた。セシリアの頬に触れ、壊れものを扱《あつか》うように撫でてくる。その仕草が思った以上に心地よく、セシリアはされるがままになっていた。

ダリウスが、片肘《かたひじ》をついて少し身を起こす。何となく伝わってくるものを感じて、セシリアは軽く息を詰めた。

(もしかして……くちづけ、される……?)

あの月の下で交わしたくちづけが思い出され、身体の奥にぞくりとした震《ふる》えが生まれる。その震えが指先から伝わったのか、ダリウスが指を離してしまった。

セシリアは思わずその手に取り縋ってしまう。だが勢い余ってしまい、ダリウスの胸の中に飛び込んでしまう。

さすがのダリウスも、少し驚いたようにこちらを見返してきた。間近にある金褐色の瞳に、セシリアは真っ赤になりながら続ける。この勢いを消したら、何も言えなくなってしまう。

「や、やめないで……ください……っ」

「……姫……？」

「い、今、陛下が私にしようとしたことを……や、やめないで、ください……」

ダリウスが、小さく息を呑《の》む。

「して、いいのか」

「……は、い……」

消え入りそうな声で頷くと、ダリウスがセシリアの後頭部に片手を差し入れるようにして引き寄せ、くちづけてきた。

ちゅ……っ、と軽く音を立てて、セシリアの反応を確認するように柔らかく啄《ついば》んでくる。何度か角度を変えて啄まれるくちづけに、セシリアの身体の強張りも徐々に解《ほぐ》れていった。

くったりとダリウスの身体にもたれかかると、ふいに唇を押し割られてぬめった舌先が押し込まれてくる。驚いたのは一瞬で、唾液で濡れた舌はセシリアの小さなそれに絡みつき、舐《な》め回してきた。

口中の隅々《すみずみ》まで味わわれて、目眩にも似た感覚がやって来る。目覚めの挨拶にはほど遠い官能的なくちづけに、セシリアは息を乱し、とろりと意識をとろけさせてしまう。

「……ん……ふ、う……んぅ……っ」

「……姫。こういうときはこうして……こうやって息をしてくれ。そうすれば、もっと長くくちづけられる……」

唇をわずかに離して、ダリウスが深いくちづけの仕方を教えてくれる。言葉の動きによっては時折ダリウスの唇が触れ合って、またそれも甘く疼《うず》くような感覚を与えてきた。

言われた通りにしてみると、確かに少し呼吸ができるようになった。だがダリウスの唇は飲み込むように深さを増していく一方で、結局また以前と同じように酸欠になってしまう。

「……あ……ふぁ……あ、あ……へ、いか……」

息継ぎの合間の呼びかけすらも味わうように、ダリウスのくちづけは激しさと深さを増していくばかりだった。セシリアはそれを受け止め続けるしかない。

一体どれくらいの時間が経ったのかわからないほどに唇を貪《むさぼ》られたあと、ようやくダリウスがくちづけを終わらせてくれる。ぐったりとしたセシリアの背中を優しく撫でながら、ダリウスが耳に軽くくちづけた。

「大丈夫か」

低く響きのいい声が吐息とともに耳中に入り込んできて、ゾクリとする。セシリアは真っ赤になりながら頷いた。

「……は、はい……」

「前回より、少し俺の唇に慣れてもらえたようだ」

セシリアはますます赤くなり、身を縮めてしまう。確かにダリウスの言う通り、くちづけで失神してしまいそうにはならなかった。くちづけは、回数を重ねれば重ねるほど、慣れていくものなのか。

（で、でも、何だか前よりも気持ちよくて身体がふわふわするような……）

深く考えるといけないような気がして、セシリアは慌ててダリウスの身から起き上がる。ダリウスも身を起こし、寝乱れた髪を手櫛《てぐし》で適当にまとめた。

「朝の挨拶が遅れてしまったな。おはよう、姫」

「お、おはようございます。あ、あの、すみません、陛下のお帰りを待たず……」

「構わない。あなたもこちらに来た初日だ。疲れていただろう」

言いながらダリウスはベッドから降りようとする。時計を見ればまだもうひと眠りはできそうな時間だ。だがダリウスがもう一日を始めるつもりならば、自分も起きなければ。

「陛下、朝の支度のお手伝いをします」

召使いを呼ぼうと、セシリアはベッドヘッドにある呼び鈴を鳴らそうとする。その手に、ダリウスの手が重なった。

セシリアの手をすっぽりと包み込んでしまう大きな手だ。ドキン、と鼓動が小さく震える。

「支度は自分の部屋でするからいい。あなたはまだ寝ていろ」

「いえ、陛下が起きられるのですから私が寝坊をするわけにはいきません。だらしのない王妃と思われれば、陛下の威信に関わります」

「ならば、俺が昨夜はあなたを眠らせなかったとしておけばいい」

セシリアから手を離しながら、ダリウスが低く言う。日時会話のようにごく普通に言われたため、意味を理解するのに数瞬かかった。

（そ、それって……っ）

セシリアは耳まで赤くなって立ち尽くす。ダリウスは隣室に向かおうとしてふと思い出したように足を止め、セシリアを振り返った。

「婚儀のことについてだが……」

「はい」

声にわずかに躊躇いを感じて、セシリアはドキリとする。自分たちの婚姻に関して、何か問題が起こったのだろうか。

（もし、この婚姻が果たされなかったらローズレンフィールが……！）

思わずぎゅっと強く両手を握りしめて、ダリウスの言葉の続きを待ってしまう。ダリウスが、続けた。

「日取りは一ヶ月後だ」

「……は……い……？」

大国の婚儀の準備期間としては、あまりにも短すぎる。招待する者の人選、婚儀の準備、衣装の仕立て――それに、セシリア自身、まだこの国の王妃としての知識が足りない。

（でも、婚儀は決定事項……ということだわ）

ローズレンフィールドは救われる。セシリアは安堵《あんど》の息をついた。

「これから俺もあなたも忙しくなる。すまない」

「い、いいえ！　私、頑張ります。あ、あの、陛下もあまりご無理はされないようにしてください」

「ああ、気をつけよう」

軽く頷くと、ダリウスは自室に入ってしまった。ぱたん、と閉じられたドアの奥で、かすかにダリウスと召使いの会話が聞こえる。

「セシリアさまはまだ……？」

「ああ、よく眠っている。疲れていたんだろう。もう少し寝かせておいてくれ」

頬の熱さはなかなか引く様子を見せない。こんな顔を召使いに見せるのは気恥ずかしく、セシリアは結局ダリウスの言う通りにベッドに入り込んだ。

シーツにはまだダリウスのぬくもりが残っていて、温かい。セシリアはホッと息を零《こぼ》した。先に眠ってしまったことに、ダリウスは気分を害したわけでもないようだった。それに、一緒のベッドで眠ってくれた。

(くちづけも……してくださった)

セシリアは先ほどのくちづけを思い出して、頬を染める。来た早々にベッドが別々だったら何を言われるかわからないからかもしれないが、この調子ならば大丈夫だろう。

ホッとしたことで、再び眠りがやって来た。セシリアはほんの少しだけダリウスの言葉に甘えさせてもらおうと、目を閉じる。

瞼の裏に薄い暗闇が広がったすぐあとにはもう、セシリアは新たな眠りに落ちてしまった。

次に目が覚めたのは昼近い時間だった。召使いたちはダリウスの命に忠実に従い、セシリアが自然に目覚めるまで待ってくれていたらしい。気遣いはとても嬉しかったものの、随分《ずいぶん》久しぶりのとんでもない寝坊に、セシリアは恥ずかしくて消え入りたくなる。

そんなセシリアの着替えを手伝い、ドレッサーの前に座らせて髪を梳《と》かすアナは、仕方がないと苦笑した。

「馬車酔いもありましたし、緊張が緩んでしまったんですわ。ご気分はもう大丈夫ですか？」

「ええ。それどころかお腹が空いたと思ってしまうくらいよ……」

いつにない空腹感も、セシリアの羞恥《しゅうち》を強める。だがアナは嬉しげに笑った。

「お元気が出たのならば何よりですわ！　朝食と昼食が一緒になってしまいましたから、少し豪華にいたしましょうか」

「張りきって沢山用意されても、食べきれなくて悲しくなるわ。ほどほどにして……」

アナが暴走しないようにやんわりと窘めようとしたセシリアは、ふと、ダリウスのことが気になってしまう。自分よりも早く起きた彼は、まだ執務中なのだろうか。

セシリアの髪を整えたアナは、鏡の中の主人の美しさを絶賛している。部屋に控えていたアルドリッジの召使いたちが呆れはしないかと、セシリアは心配になった。

だがセシリアの心配をよそに、召使いたちは新しい主人の姿に見惚《みと》れてくれている。

「本当にお綺麗ですわ」

「陛下が肖像画を見て気になさるのも仕方がありませんわね」

召使いたちの独り言に、セシリアは思わず身を乗り出す。

「陛下は、私の肖像画を見て気に入ってくださったの？」

急に話しかけられて召使いたちは少し驚いたようだったが、すぐに嬉しげに頷いた。歳が近いこともあり、王妃となるセシリアとおしゃべりができたらいいと思ってくれたのだろう。

「陛下は姫さまの肖像画を、それはもう熱心にご覧になっていました。これは私たちの勝手な想像ですけど……一目惚《ひとめぼ》れなんじゃないかと！」

召使いの言葉に、セシリアの頬が赤くなる。自分から聞いたことなのに、急に気恥ずかしくなってしまった。

(真偽のほどはわからないけど、彼女たちがそんなふうに思えるほどには気に入ってもらえてるということかしら……)

セシリアの心は安堵で緩む。すると召使いたちは、今度は興味津々《きょうみしんしん》のていでセシリアに尋ねてきた。

「姫さまはどうなのですか？」

「どうって……」

「陛下とお会いになられて、陛下のことをどう思われましたか!?」

勢いに圧《お》されて、軽く仰《の》け反《ぞ》ってしまいそうになる。セシリアは召使いの要望に応えるべく、ダリウスのことを改めて思い返した。

だが直後に浮かんだのは自分の隣で眠っていた姿で、セシリアにとっては充分刺激的すぎる姿に再び赤くなってしまう。そんな初々《ういうい》しくも可愛らしい様子に、召使いたちの表情は期待のものになっていく。

「へ、陛下のことは……」

これまでに感じることのできたダリウスの優しさは、セシリアの心を暖かくしてくれるものだった。互いの利害が一致しているから結婚するのだが、セシリアが望んでいるものも、もしかしたら叶いそうに思えてくる。

「や、優しい……方、だと……」

——直後、アナの恨みがましい視線が突き刺さってきた。ハッとして見やれば、アナがハンカチを噛みちぎりそうに握りしめている。

「わ、私の姫さまが、姫さまが、ダリウス陛下に奪われてしまうなんて……っ」

これ以上気持ちを正直に話してしまったら、ある意味ダリウスの身が危険に晒《さら》されそうだ。

セシリアは慌てて話題を変える。

「そ、そういえば陛下はどちらにいらっしゃるのかしら」

「はい、執務室におられます。婚儀の準備もございますが、今は各方面の予算を決めるための時期でもありますし」

召使いたちはダリウスの身の心配をして瞳を伏せながらも、誇らしげだ。彼女たちがダリウスを自慢に思っていることがよくわかる。国王自ら予算を組もうとするなんて。

だがセシリアは意外さを隠せない。

「へ、陛下自ら予算を立てられているの？」

「予算を立てるのは各省です。ですが提出された案を、陛下自ら精査されます」

報告を受けるだけでは止《とど》まらないということか。だがそれを可能とするにはダリウス自身に各方面の様々な知識が必要とされる。それを厭《いと》わず、王となった今も勉学し続けているということだ。

「民のために努力を惜《お》しむな。それが陛下のお決めになられたことだとルイスさまが私たちに教えてくださいました。陛下は民のことをよく考えてくださる素晴らしい御方です！」

彼女たちの目は、ダリウスへの尊敬でキラキラしている。セシリアは自分の知らないダリウスの一面を教えられて、嬉しかった。それがセシリアも心がけるようにしている『民のため』というのだから優しい気持ちにもなる。

「そう……そうなの……」

(陛下は国を導く者として、素晴らしい御方だわ)

そう思うと同時に、城に到着したときに耳にした貴族のものたちの悪口が気にかかる。国のために尽くしているダリウスを、なぜあのように悪《あ》しく言うのか。

(黒い噂)

セシリアは小さく首を振る。

自分の目で確かめてはいないのに、噂だけでダリウスの人となりを決めてしまうのはいけない。それを防ぐためにも、もっとダリウスのことを知らなくては。

(でも、陛下の執務の邪魔をしないような方法は……)

「そろそろ昼食でしょう？　陛下とご一緒させていただくことはできないかしら？」

断られたら邪魔をするなということだ。そのときはしつこくしないで、一人で食事をすればいい。

召使いたちは笑顔で頷いた。

「かしこまりました！　陛下にお伺《うかが》いを立てて参ります！」


ダリウスからはすぐにセシリアの提案を快《こころよ》く受けてくれる返事が返ってきた。先ほどの召使いたちが張りきって食堂の準備を整えてくれるのを見て、セシリアは遠慮がちにもう一つ提案させてもらった。

その提案に彼女たちは少なからず驚いたようだったが、またすぐに笑顔で受け入れてくれる。かくしてセシリアの提案通り、セシリア側の部屋のバルコニーに大人が五人ほどゆったりと座れる丸テーブルのセットが用意された。

やって来たダリウスは、少し意外そうな顔をしている。……それでも、表情にはあまり変化は見えないのだが。

ダリウスが席に着くのを待ってから、セシリアは座る。アナを中心とした給仕の召使いたちが、まずは茶をいれてくれた。

「食堂ではないのか」

「まだ、陛下と二人でゆっくりお話しできていないので……二人きりならば食堂のテーブルは遠すぎます」

セシリアの言葉にダリウスは驚いたように軽く目を見開く。急に近づきすぎたかと不安になると、ダリウスは伏し目がちに微笑んだ。

「そうか」

「……すみません。馴《な》れ馴《な》れしかったでしょうか……」

「これから夫婦になるのに無用な心配だ。あなたがそれでいいなら構わない」

セシリアも席に着くと、召使いたちが食事を運んでくる。セシリアはまずは茶のカップを取り、香りを吸い込んだ。

ふんわりと柔らかく花の香りがする茶だ。口にすると飲んだあと、口中にかすかに甘味《あまみ》が残る。好みの味だった。

「美味しい……！」

「茶か？」

「はい。好みの味です」

「それはアルドリッジの南東にある村の名産だ。そこで咲く花の花弁《はなびら》をブレンドしている」

ダリウスの説明に、セシリアは興味深く耳を傾けた。これから自分の生活の場になる国のことだ。本ではなかなか知り得ることのできない情報ならなおのこと、知りたくなる。

セシリアの前に、スープ皿が置かれる。ポタージュのようにとろみのあるスープだが、鮮やかな緑色だ。そこに白い生クリームの波紋が描かれている。

「いだだきます」

スープは豆のポタージュだった。丁寧に裏ごしされていて、青臭さはまったくなく美味しい。

セシリアが口元を綻ばせてスプーンを動かすと、次の料理が運ばれてきた。

練り込まれたバターの香りが芳《かぐわ》しい焼きたてのパン、様々な種類のハムやチーズ、瑞々《みずみず》しいサラダとフルーツ、鶏肉の煮込み、野菜のパイ包みなど、テーブルの上があっという間に埋まってしまう。

さすがのセシリアも、慌てた。

「へ、陛下！　こんなに料理を用意してどうされたのですか!?」

「あなたの好みがまだよくわからないから、とりあえず今、厨房で作れる料理を用意させた」

あっさりと答えられ、セシリアはさらに仰天《ぎようてん》してしまう。自分の食事の好みを知ろうとしてくれるのはとても嬉しいが、これは行きすぎだ！

「せ、折角《せつかく》のお気遣い、感謝します。ですが食べきれない量は材料を無駄にするだけでなく、作ってくれた方にも申し訳ありません」

「……そうだな。その通りだ」

「陛下とはこれから長くご一緒させていただくのですから……今すぐでなくともこれから徐々にでも構いませんよね？　わ、私も、陛下の好きな料理などを教えていただきたいですし……」

ダリウスはすぐには答えず、じっとセシリアを見つめてくる。強い視線はダリウスの整った面立《おもだ》ちもあって、本当に身体に穴が空いてしまいそうだ。

「へ、陛下？」

呼びかけると、ダリウスがふいっと視線を逸《そ》らす。圧迫感がなくなり、セシリアはホッと息をついた。

「何でもない」

取《と》り繕《つくろ》うようにそう言って、ダリウスは運ばれてきた料理に手を伸ばし始めた。何だか不機嫌に見えなくもないが、セシリアが話しかければ口数は少ないながらも答えてくれる。嫌われているわけではないだろう——そう思いたい。

セシリアはダリウスの人となりを知るべく内心で決意の拳を握りしめて、昼食を続けた。

（出だしとしては、なかなかいい感じにいったと思うわ）

ぱたん、と本を閉じて、セシリアは今日の昼食のことを思い出す。

基本的にセシリアが話しかけてダリウスが言葉少なげに答えるという感じだったが、予想以上に楽しいひとときだった。ただ、時折思い出したようにセシリアのことを強い瞳でじっと見つめてくるのが、困ったが。

食後の茶を終えると、ダリウスは再び執務室に戻っていってしまった。何か手伝えることがあればしたいのだが、セシリアにできそうなことは残念ながら一つも思い浮かばない。

だがダリウスは退室のとき、セシリアのすぐの傍《そば》を通りすぎながら言ってくれた。

「楽しいひとときだった。またこういうふうに食事をしよう」

（少しずつでいいわ。少しずつ陛下のお心に近づくことができれば……）

セシリアは図書室で借りた新たな本に手を伸ばす。ひとまず午後はこの歴史書の読破するつもりだ。

その頃合いを見計らったように、部屋の扉がノックされる。入室を許可すると、茶の一式を銀のトレーに載せた召使いが入ってきた。

「姫さま、お茶をお持ちいたしました」

「ありがとう」

休憩にはちょうどいい頃合いだ。セシリアの前に、手際よく茶の用意がされる。ビスケットの皿もあって、セシリアの頬が綻んだ。

カップに指を絡めて、口に運ぶ。ふわりと柔らかく感じられる花の香りと、同じほどにほのかな甘さは、昼食のときに飲んだ茶と同じものだった。

「美味しいわね」

「ありがとうございます。まだ読書をされますか？」

「ええ。この本をできれば読んでしまいたいと思って。アルドリッジの歴史が詳細に書かれているの。歴史の勉強として使うものの一つらしいわ」

「そ、そうですか。私には難しくてとても……」

召使いの苦手意識を前面に出したしかめっ面に、セシリアは微笑む。彼女はそれ以上邪魔にならないよう、礼をして退室した。

セシリアは改めて本を開き、読み始める。夕食の時間だと知らせが入るまでは何の邪魔もなく、知識欲のままに本に没頭《ぼっとう》することができた。

だが夕食の席は、またセシリア一人だ。ダリウスからは執務に区切りがつかないため先に夕食を済ませてくれていいとの言付けが渡され、昼食のときの穏やかな楽しさがまた味わえるかもしれないと期待していた分、残念だった。それ以上にダリウスの身体も心配になる。

（ご無理をしていないといいのだけれど……）

——大抵の者が眠りにつく夜更けの時間になって、ようやく隣室で人の気配がした。部屋付きの召使いと二言三言言葉を交わしながら、ダリウスが寝室に続く扉に近づいてくる。今夜も自分と同じベッドで眠ってくれることに、ホッとした。

セシリアはダリウスが帰ってくるまでの手慰《てなぐさ》みにしていたレース編みの手を止めて、ベッドから降りる。

「……ああ、それでいい。あとはルイスに任せる」

「かしこまりました。おやすみなさいませ」

部屋付きの召使いの挨拶に軽く頷きながら扉を開けたダリウスが、ベッドのセシリアを認めて立ち竦《すく》んだ。

「おかえりなさいませ、陛下。お疲れになられたのではありませんか？」

セシリアはベッドから降りて、ダリウスに歩み寄る。隣室ですでに夜着に着替えていたダリウスの腕をそっと摑《つか》み、ベッドに促《うなが》した。

ダリウスはセシリアにされるがままになっている。

「おやすみのご挨拶を今夜はきちんとしたくて……お茶でもお飲みになられますか？」

サイドテーブルには茶の一式を用意していた。呼び鈴を鳴らせばアナが湯のポットを持ってきてくれ、セシリアは召使いたちに教えてもらった通りに丁寧に茶をいれた。

ダリウスは無言でその場に立ったまま、セシリアの様子を見ていた。凝視《ぎょうし》されている強い視線にギクシャクしてしまいそうになりながらも、茶のカップを差し出す。

「よろしければどうぞ」

「……もらおう」

カップを受け取り、ダリウスは早速茶を口にする。自分がいれた茶はどうだろうか。セシリアは心配になり、知らずに息を詰めて次の言葉を待ってしまう。

ダリウスが小さく息をついて、言った。

「美味い」

「よかった……！　ちゃんと教えてもらった通りにできましたね！」

「それで、どうしてあなたがまだ起きているんだ？　俺に用でもあったのか？」

無愛想にも聞こえてしまう口調で問われると、何だか叱《しか》られているように思えてしまう。セシリアは慌てて言った。

「今日はとんでもない朝寝坊をさせていただいたので、まだ眠くはなくて……だったら、陛下のお帰りを待とうと思ったんです」

何処《どこ》か必死な様子になってしまいながら、セシリアは続ける。

「こ、婚儀のことについても陛下にお任せしてばかりになっていて、申し訳なく……せめてお帰りになるまでお待ちしたかったんです。それに……」

こんなことを言ったら、面倒くさい女だと思われてしまうだろうか。だがダリウスも自分同様にかたちから始まる結婚だとしても情が交わせたらいいと思ってくれたはずだ。

「こ、これから夫になってくださる陛下のことを、もっとよく知りたいと思いました。もっとお話しができたら、と……」

ダリウスの反応を、恐《おそ》る恐《おそ》る伺う。ダリウスはなぜか片手で口元を覆《おお》って横を向いた。

セシリアは、慌てて頭を下げる。

「も、申し訳ありません！　今言ったことは忘れてください。お疲れのところ、引き止めてしまって……どうぞお休みください」

セシリアはダリウスの手に残されたままのカップを受け取ろうと両手を差し出す。だがダリウスはカップを持ったままでベッドの中に入り込んだ。戸惑いに動きを止めとしまうと、ダリウスは器用に茶を零さないようにしながら枕を背もたれにして座った。

「身体が冷えるぞ」

「あ……は、はい」

隣に招いてもらえたことが、何だかとても嬉しい。セシリアは満面の笑みで頷き、ダリウスの隣に身を滑《すべ》り込ませた。

ダリウスはゆったりとカップを口に運びながら言った。

「どんな話をするんだ？」

改めてそう質問されると、何を言えばいいのかわからなくなる。何か話題を、とセシリアは目まぐるしく思考を巡《めぐ》らせて、ふと、気がついた。

「そのお茶、とても美味しいです」

「そうか。俺は特に意識したことはないがあなたがそう言うならそうなんだろう」

ダリウスにとっては日常で、普通に口にできるものなのだろう。

「そのお茶を飲むことは、この国に慣習なのですか？」

「いや、そんな風習はないが」

「そうなんですか。今日は食事や休憩などでこのお茶が毎回出ていたのでそう思ってしまったのですけど」

途端《とたん》にダリウスが、少し気まずそうに目を逸らす。

「いや、それは……あなたが気に入ったと言っていたからだ」

「え……」

昼食の席でのことを、ダリウスは気に留《と》めてくれていたのか。嬉しい気持ちが新たにまたやって来て、セシリアの頬が緩む。

「ありがとうございます！　このおいしいお茶のおかげで、今日はとても気持ちよく過ごすことができました」

「そうか。あなたがそうなら、いい」

相変わらず無表情に見えるダリウスだったが、声音はとても暖かく感じられる。カップを口に運ぶ仕草で顔を隠しているように見えるのは、セシリアの都合のいい解釈だろうか。

「おいしいお茶にはお菓子がとても合うんですよ。私、お菓子も大好きです。陛下はいかがですか？」

「……俺は、甘いものはあまり好まない」

「では、辛いものがお好きですか？」

「どちらかといえば、そうだな。だが、食べるものがあるだけでいい。出されたものはちゃんと食べる」

味の好みはあるが、好き嫌いはしないということか。裕福な大国の王にしては、思った以上に清貧《せいひん》な考えだ。

空になったカップをダリウスはセシリアに返し、ベッドに中に潜《もぐ》り込んだ。

「貧しい者は、毎日一食の食べ物にも有りつけないこともある。それを考えれば毎日三食の食べ物があることは幸せなことだ」

大国の王らしからぬ言葉だが、とても気持ちがこもっているように聞こえた。

自分もローズレンフィールドで慈善活動を行い、そういった者たちのことを知っている。しかし彼らのように食べ物に困った実体験はないため、想像の域を出ない。

(なんだか随分重みがあるお言葉……以前に何かあったのかしら)

ふいに、ルイスとの会話が思い出された。ダリウスの幼少時代に関わることで、何かあるのかもしれない。

公にはされていないダリウスの過去。そして先代が崩御《ほうぎょ》したことに関する黒い噂。セシリアの胸に、ザラリとした嫌な予感が生まれる。

(いいえ。不確定要素で陛下の人となりを決めてしまうのは愚《おろ》かしいことよ)

「身体が冷える。あなたも入れ」

「あ……は、はい……」

ダリウスの隣に潜り込む。抱き寄せられるかと思ったが、それはなかった。ダリウスは行儀よく横たわったままだ。

「今日は何をして過ごしたんだ？」

「あ……アルドリッジの歴史書を読んでいました」

セシリアが本の題名を伝えると、ダリウスが軽く目を見張ってこちらを見てくる。

「歴史学で使用するものだ。それを読んでいたのか？」

「はい。私はまだこの国にことに関して外観しか知りません。これからこの国に者になるのに、自国のことを知らないままでいるのはとても恥ずかしいことですから」

「……そうか」

ダリウスが、伏し目がちに微笑む。柔らかくてどこか嬉しげな微笑は、セシリアの鼓動をとくん、と波立たせた。

「で、でも少し難しいのも確かです。理解できるようになるまで、もう少し待っていてください」

「とっかかりとして、選んだ本があなたにまだ合っていないだけだろう。……そうだな……」

ダリウスが、むくりと上体を起こす。彼は呼び鈴を鳴らすと召使いにルイスを呼んでくるように言いつけた。突然のことに、セシリアはただ呆気《あっけ》に取られてダリウスを見つめるしかない。

忠実さを示すように、ほどなくしてルイスが姿を現した。この時間のため、さすがにくつろぎを感じさせる柔らかなリネンのシャツ姿だ。もうすぐ婚儀を迎える二人の寝室ということもあり、とても気まずそうな顔をしている。

「あの、陛下。ご用は一体……」

ダリウスはサイドテーブルにメモに何かを書きつけると、ルイスに差し出す。

「これを持ってきてくれ」

訝《いぶか》しげな顔をしたものの、ルイスは反論など欠片《かけら》も口にしない。すぐさま退室し、腕に分厚い本を五冊も抱えて戻ってくる。

「お待たせいたしました。陛下、これはどうすれば……」

「姫の部屋に置いておいてくれ」

これも、ルイスは言う通りにする。何か自分のためにしてくれていることはわかるのだが、それが何なのかまではわからない。

「陛下、あの本は……」

「あれならば、あなたでもとっつきやすい歴史書だ。物語風になっているものも選んでおいた。あれらを読んだあとならば、今の本も容易《たやす》く読破できる」

「あ、あの本たちを……」

厚さと冊数を思い返すと、心が挫《くじ》けそうになる。セシリアたちのところに戻ってきたルイスが、困ったように眉根を寄せた。

「おそれながら陛下。女性があのような歴史書を好むとは思えないのですが。下手をすればセシリア姫のお心の負担になるやもしれません」

「いえ！　それが必要なことならば、やります。この国の王妃としてちゃんとしなければ、民に顔向けできません」

「焦《あせ》らなくてもいい。あなたにはまだまだたくさんの時間がある。まずはその本たちを読破してみてくれ」

「はい、ありがとうございます！」

「では陛下、姫。そろそろお休みくださいませ」

ルイスの軽い窘めにセシリアは苦笑して、ベッドの中に潜り込む。ダリウスの腕が動き、こちらに伸ばされてきた。

もしや今夜、ダリウスのものになるのだろうか。内心でひどく緊張しながらも、セシリアは無抵抗のままでいる。だがダリウスはセシリアにくちづけを与えただけだった。

(あ……あら……？)

「ゆっくり休め」

「は、はい……お休みなさいませ……」

ダリウスはセシリアを片腕に抱いたまま、目を閉じてしまう。しばらくするとダリウスの寝息が聞こえてきた。……これで、本当に大丈夫だろうか。

自分はローズレンフィールドを助けてもらう見返りとして、ダリウスの妃になる。知識はこれから積んでいくつもりだから仕方ないかもしれないが、女としての魅力は感じてもらえ

（で、でも、あのパーティのとき、普通に私に触れてくださったし……）

いや、それどころか自分を求めてくれているのではないかと、勘違いしてしまいそうだった。

（い、いいえ、まだ大丈夫よ。陛下はこうして一緒のベッドで寝てくださっているし……！）

見返りとして、ほんの少しでも自分の何かをもらって欲しい。そうでなければローズレンフィールドのことも心配になってくる。

（大丈夫……大丈夫、よね……？）

心の中で必死に言い聞かせながら、セシリアはダリウスの寝顔を見つめる。

（寝顔は、幼く見えるかも……）

じっと凝視するように見つめてくる金褐色の瞳は強すぎて時折どうしたらいいのかわからなくなってしまうときがあるが、目を閉じてもらえるとそんなこともなくなる。

普段は藍色《あいいろ》にも見える黒い前髪を額に下ろしている寝顔は、普段の彼よりも幾分《いくぶん》幼く見えて優しい気持ちになる。セシリアは思わず手を伸ばし、その前髪をそっと払ってみた。

何だかいけないことをしてしまったようで、セシリアは頰を赤くしたまま目を閉じた。眠っているダリウスが目覚めて身じろぎしたような気がしたが——気のせいだろう。

【3】

来月の婚儀に向けて、アルドリッジでは降って湧いたような祭事に民たちまでてんやわんやだった。だが、祝い事——しかも民の人気も高い独身国王がようやく妃を迎える祭事だ。民の気分も自然と高揚《こうよう》しがちになり、四六時中どこかでダリウスとセシリアの名に乾杯する声が上がっている。

ローズレンフィールドから申し出を受ける返事をもらってから婚儀まで約一ヶ月未満だ。国王の婚儀としては異例の急展開だ。貴族の老人たちはダリウスに早急すぎると指摘してくるが、もとよりこちらに聞く耳などない。通常執務に滞《とどこお》りを見せることはなく、同時進行の婚儀の準備はルイスを中心とした若手貴族たちとともに進めていて、問題はなかった。

婚儀に必要な道具などの納期も、職人たちが張りきってくれているために遅れはない。

それどころか、この怒涛《どとう》の忙しさを楽しんでいる自分も感じている。すべてはセシリアが自分の妃になるために必要なことばかりだ。異例の速さで婚儀を執《と》り行なおうとしているのも、早くセシリアと夫婦になりたいからだった。

まだ数日しかともにいないのだが、セシリアの反応はいちいち可愛《かわい》く健気で堪《たま》らない。一緒のベッドでその身体を柔らかく包み込むように抱きしめながらも彼女に手を出さずにいられるのも、そんなに長くはないとしみじみと感じている。

（だが、男女の本当のくちづけにようやく慣れてきたくらいの初《うぶ》さだ。男を受け入れるとなると恐れの方が強いだろう。慎重にいかなくては）

だがセシリアとのくちづけを知ってしまうと、早くもっと先に進みたい気持ちがダリウスを苛《さいな》んでくる。くちづけでとろけさせて夜着を脱がせ、滑《なめ》らかで弾力のある瑞々《みずみず》しい白い肌に指と舌を這《は》わせて味わい、彼女の甘さを一番強く感じられる蜜壺《みつつぼ》を弄《いじ》って初めての絶頂を感じさせたい。恥じらいながらも身悶《みもだ》えて女の悦《よろこ》びを覚えるセシリアは、きっと自分の夢想よりも美しく淫《みだ》らだろう。快楽をともに味わい、彼女に愛される悦びを教えたい。

くちづけ一つもしたことがなかった無垢《むく》な身体だった。初めてくちづけたときのセシリアの愛らしさは、今も思い出すだけで身悶えしそうだ。

（あのときは触れるだけにしようと思っていたのに……止まらなかったな）

まるで初めて女を知るような自分の青臭い様子に、苦笑してしまう。

ローズレンフィールドの財政難に援助をする代わりに、セシリアは自分に身を捧《ささ》げる。その密約のためであったとしても、彼女が手に入るのならばダリウスにとっては喜びだ。

（あれから、もう十年近く経つのか……）

『はい、どうぞ。熱いから気をつけて。まだたくさんあるから、美味しかったらまた来てね』――幼いセシリアの笑顔とともにかけられた声が思い出されて、ダリウスの唇が綻《ほころ》んだ。

あれは、まだ自分がこの国に戻ることがあり得るなどとは思ってもいなかった幼い頃のことだ。ルイスの助けがあったとしても日々の食事をまともにとることができずに、いつも空腹だった。そんなとき、自分が潜んでいた貧民街にセシリアたちが慰問にやって来たのである。

あのときは、彼女の母親が主導となって温かいシチューを作り、皆《みな》にふるまっていた。自分よりも年下だったセシリアは母親の傍《そば》で大鍋を一生懸命かき混ぜて手伝っていた。皿によそったシチューを配るのは率先してやって、幼い自分でもできることを見つけていた。

質素なエプロンドレスに銀髪を三つ編みのお下げにした格好は、王女のそれとはまったく違った。可愛くて笑顔が優しくて人形のようで——自分とは生きる世界が違う者なのだと、幼心《おさなごころ》にも納得したものだ。

だが不思議と反感を抱かなかったのは、セシリアが本当に一生懸命だったからだろう。それに何よりも、貧民街の子供だからといって差別を一切しなかったことだ。

ちょうど自分に差し出された皿を受け取ったとき、汚れた手がセシリアの手に触れた。ダリウスは自分の汚れがセシリアを病気にでもしてしまうように感じられて慌《あわ》てて引っ込めようとした。皿は二人の手から落ちそうになり、セシリアは慌ててそれを支えてくれた。

そしてダリウスの手を自ら取って、改めて皿を渡してくれたのだ。……柔らかくて優しいぬくもりを持つ手だった。

『……汚い、から。ごめん』

何だかひどく申し訳なく思って謝ると、セシリアは笑って首を振った。

『大丈夫。私とあなたに、違うところなんてないでしょ。おんなじ、子供だよ』

幼心にあのときのセシリアに心ときめかせた。もし自分がアルドリッジに戻ることができれば、彼女と向かい合って話すこともできるだろう。だがそれはきっと無理だ、と抱いた初恋はすぐに破れてしまった。

それも仕方がないことだと、幼心に落胆しつつも受け入れられた。だが父親の危篤《きとく》をきっかけにアルドリッジの国王として城に呼び戻され、国王としての日々を過ごす中、突然舞い込んできたセシリアの夫選び候補の手紙をもらったときは、降って湧いたような幸運に一瞬頭の中が真っ白になってしまった。

手紙の内容からしてセシリアを餌《えさ》に援助を求めていることは明らかで、彼女が身売りのようなまねをすることがとても哀《あわ》れで許せなかった。今の自分ならば彼女の隣に立っても決して引けを取らない。もしセシリアが自分を選んでくれるのならば、ローズレンフィールドの財政難ごと受け止められる。

そう思うと居ても立ってもいられなくなり、ルイスを筆頭にセシリアを受け入れるための準備をした。それが功を奏して、彼女は今、自分の妃として傍にいてくれる。

彼女は初めてその姿を目にしたときから時を経て、美しい女性へと変化した。外見の変化は大輪の花が咲き誇るようで――中身は王女としての慈悲と思慮《しりょぶか》深さと優しさを高めている。実際今もアルドリッジの王妃として相応《ふさわ》しくなりたいと、勉学の気持ちが溢《あふ》れ出ていた。

セシリアの心意気は身も心もアルドリッジに染まりたいと言っているようで、その健気さに思わず抱きしめたくなって困った。幸い、思っていることがあまり表情に出ない質《たち》のため、セシリアにその気持ちは知られていないだろうが。

幼い頃の彼女のことを知ってはいても、決して手に入る存在ではないと思っていた。当時の自分が彼女に見合うだけの身分の者になるとは考えられず、遠くからその姿を見られるだけだろうと思っていた。それが今、思ってもみなかったことをきっかけにして、手に入ることになっている。

こんなに嬉しいことがあっていいのか。しかも彼女の方から自分の手の中に飛び込んできてくれた。誰にも邪魔されずに彼女と愛し合える関係を、例え契約的な婚儀とはいえ築くことができるのだ。

(いや、落ち着け。焦《あせ》るな。彼女は男をまるで知らない無垢な人だ)

髪一筋も傷つけたくない。大切に、大切に、触れなければ。

「陛下、鼻の下が伸びています」

そんなことはまったくないのだが——相変わらずダリウスは無表情に見える表情で黙々《もくもく》と決済を続けている。ちらりと視線だけ上げれば、ルイスはまるで兄か父のように微笑ましげにこちらを見返した。

自分よりも余裕で歳下に見える柔らかな顔立ちと細身の体軀《たいく》のルイスは、実際はダリウスより十も上だ。あまり公にはしていない幼少時代を、兄のように一緒に過ごしてくれた頼りになる側近だった。そのせいか、自分とは違う意味で他の貴族とは質を異にしている。ダリウスと二人きりのときは兄弟のような気安さで話してくれ、だからこそこちらも王としてではなく一個人としての想いも口にすることができていた。

非常に読み取りにくいダリウスの顔色も、それゆえに手に取るようにわかるらしい。心の中でセシリアへの想いをひたすらに呟いていたのだから、そう見られても仕方なかった。

「別にいいだろう。ここには俺とお前しかいない」

「陛下が俺を信頼してくれていることがわかるので、俺としてもとても嬉《うれ》しいんですがね。ちょっと鼻の下が伸びすぎです。……姫のことを考えていましたか？」

図星を突かれて、ダリウスは言葉を詰まらせる。自然とムッとした表情になるのを見て、ルイスが笑う。

「本当に陛下は……！　姫のことになると途端《とたん》に駄目な男になりますね」

「……うるさい」

「いえ、好ましいと思いますよ。で、どうですか。姫とは仲良くなれていますか？」

仲良く、というところに下世話な響きを感じ取るのは、互いに幼少時に過ごした環境のためだろう。ダリウスはむっつりとした声で、言う。

「くちづけまで、ようやくできた」

「……は？　そこまでですか？」

「そうだ。姫は男を知らない。怯《おび》えさせるわけにはいかないだろう」

「……はぁ……ずいぶん臆病な対応になっていますね。もうすぐご結婚されるのに」

容赦《ようしゃ》のないルイスの言葉に、ダリウスはさらにムッとする。怒りすら覚えて、ルイスを見返す瞳は背筋が震え上がってしまいそうに鋭いものになる。

「そんなふうに睨《にら》んでも駄目ですよ。そんなに我慢し続けていたら、初夜のときに姫に負担をかけてしまうと思うのですが」

「……余計な世話だ」

弟が拗《す》ねたような態度に、ルイスは笑う。それが兄のように優しく見守る笑みだから、ダリウスもそれ以上は怒れない。

「これは俺の私見ですがね、陛下。姫はもっと陛下と仲良くなりたがっているように思えますよ」

「結婚すれば、問題はないはずだ」

「そうなんですけどね。この結婚は姫にとってはとても重要なものだということです。あなたに愛されている自覚が持てないと、祖国を救ってもらえないと考えられてしまうのでないですかね」

セシリアの気張り具合から思い当たることがいろいろとあり、ダリウスは再びむっつりと黙《だま》り込んでしまう。ルイスはため息混じりの苦笑を浮かべた。

「その辺りは陛下ご自身もよくわかりのようですからご自分で頑張《がんば》ってくださいね。さて、この話はここで終わりにいたしましょう。そろそろご老体のお一人でも来られる頃合いかと」

「――陛下！」

まるで彼がやって来るのを見ていたかのようにルイスが言った直後、執務室の扉が勢いよく開け放たれた。姿を現したのは白髭《しろひげ》をたっぷりと口元に蓄《たくわ》えた老人である。

無礼な態度だが、上位貴族の一人だ。ダリウスは無言で老人を見返す。

不思議な威圧感を感じる瞳に気圧《けお》されたのか、老人が怯《ひる》んだ。だがそうしてしまったことを恥じるかのように、すぐさま体勢を立て直してこちらに走り寄ってくる。

許可なく執務室に入ってきていることへの謝罪はない。そのことに、まったく気づいていないのだ。

老人は執務室の前に突進し、息を荒げて言った。

「陛下！　私の息子を今回の婚儀の役割から外すとはどういうことか!?」

「ステファン卿《きょう》。陛下のご許可もなく入室なさった上、そのような暴言はいただけませんが？」

にっこりと隙のない完璧な笑みを浮かべながらも、ルイスの声と瞳は氷点下だ。老人はぶるりと身を震わせる。

ダリウスは無言で片手を上げ、ルイスを止めた。そもそも形骸《けいがい》化されてしまっている役職に甘んじている老人に、自分を攻撃する力などない。そのことに気づけていないのだから、ダリウスにとっては敵と認識する存在でもなかった。

「貴殿の息子を蔑《ないがし》ろにしたわけではない。若い者を使える者になるように育てることも必要と判断してのことだ」

「ですが、あのように礼儀の何たるかもわからぬ輩《やから》に陛下の婚儀の準備を任せるなど……失態を起こしてからでは遅い！」

賄賂《わいろ》や汚職などを礼儀と言う老人の忠告は、単に自分の息子を馬鹿にされたから償えと喚《わめ》くだけのものだ。ダリウスは内心でひどくうんざりしながら――けれど面《おもて》には一切出さずに言う。

「もし失態を起こしたとしても、恥をかくのは俺だろう。貴殿の気遣いは大変有り難いが、そこまで気を回さなくてもいい」

老人の忠告に感謝しているように見せて、実際には取りつく島がない。それはさすがにわかったらしく、老人は顔を真っ赤にして叫んだ。

「下賤《げせん》の血が混じっていると、王族の思考は薄れるようだな！」

下賤。またか、とダリウスはため息をつく。自分を罵倒するのならばもっと言葉巧《たく》みに攻めてきて欲しいものだ。大抵この言葉で自分を貶《おとし》めるところからして、もう彼らの思考は停滞しているのだと教えているようなものだ。

「確かに俺は貴殿が仰る通り、下賤の血が混じっている。だが、使えぬ者を登用するほど思考は腐っていない。貴殿の息子がなぜこの件に関して登用されなかったのか、よく考えるといい」

「……な……ななな……！　由緒《ゆいしょ》正しきステファン家になんたる暴言を……!!」

「血筋が一体民に何をするというんだ？　伝統も血筋も民のためになるというのならばさっさと売ってしまえ。その金で擁護施設を建てた方がよほど国のためになる」

金褐色の瞳に射貫《いぬ》かれた老人は、さらなる罵倒《ばとう》を口にしようとするものの上手く言葉が出てこない。威圧感と圧迫感に押し潰され、老人はただ口をぱくぱくと動かすだけだ。

(この程度で反撃もできない。腐った連中だ)

「ルイス、ステファン卿がお帰りだ。扉を開けて差し上げろ」

ルイスが扉を開けると、老人は脱兎《だっと》のごとく立ち去っていく。ルイスが頬から笑みを滑り落とした。

「……陛下、始末してきてよろしいでしょうか」

「しなくていい。今更あの程度のこと、言われ慣れている。脅威《きょうい》にならないならこちらから手を出す必要はない」

「わかりました。ですが動向はしばし見張らせていただきます」

ダリウスは軽く頷く。嫌な話はこれで終わりとばかりに、ルイスは言った。

「婚儀の準備につきまして、いくつか陛下に確認を取りたいことがありまして……」

婚儀の準備は急速に、着々と進んでいく。自分自身に関わること――ドレスの採寸や身体の手入れ、アルドリッジ国の作法やしきたりなどを勉強していると、あっという間に時間が経っていく。その他のことはダリウスが主だって進めてくれていた。

ダリウスとゆっくり過ごせる時間は相変わらず取れずにいたが、食事のときや眠る前のひとときなどで会話を交わすことはできている。少しずつダリウスとの親密度が増していることは何となく感じられるようになってきていた。

その証拠のように、こんなことがあった。

――忙しくなってきたセシリアは、午後の茶の時間を楽しみにするようになった。ダリウスが忙しさでなかなか構うことができない詫びなのか、毎回美味しい菓子を差し入れてくれるからだ。

この国に来て好きになった淡《あわ》い花の香りがする茶と、ダリウスの差し入れの菓子。セシリアにとって彼に会えないことは相変わらず焦りと不安の要素になっていたが、それが少しは紛《まぎ》れる。セシリアは毎回ダリウスの時間の隙間を狙って彼のもとを訪れ、礼を言った。一緒に菓子の感想も伝えた。

次の茶の時間、セシリアが好みだと伝えた菓子とともに新たな菓子が差し入れられる。倍の量になった差し入れに戸惑いつつも新たな菓子の感想を伝えると、好みだと伝えたものはそのままに、また新たな菓子が加わってきた。

増え続ける菓子は、食べきれる量ではない。アナや他の召使いに分け与えてもすぐに限界がやって来る。さすがのアナも、途方に暮れるほどだ。

「いったい陛下はどういうおつもりですの!?　これでは姫さまがコロコロの豚さんになってしまいます!!」

「で、ですが陛下からのご命令で……セシリアさまがお好きなものだからと」

「限度というものがありますっ!!」

アナの叱責《しっせき》に、彼女たちも概《おおむ》ね同意らしく苦笑するしかないようだ。だがセシリアの胸にはダリウスの意図が少し見えたように思える。

自分が好きだと言ったものを、ここぞとばかりに与えてくること――それは、自分のためではないだろうか。

(私が喜ぶようにと)

婚儀に対する不安がなくなったわけではない。だが不器用ながらも自分のことを気遣ってくれているのが感じられる。それが、嬉しい。心がふんわりと暖かくなる。それでいいのではないか。

きっとダリウスとはいい夫婦関係を作っていけるようになる。


若き王の婚儀は、三日三晩の祭りとなった。初日に大聖堂で結婚の誓いを交わす儀式を終えたあと、国民へのお披露目《ひろめ》となるパレードに参加する。もともと民の人気が高いダリウスだ。そのダリウスが迎えた妃を一目見ようとして、王都は相当な人出となっていた。

天蓋《てんがい》なしの馬車に盛装姿でダリウスと並んで座り、道の両側に集まっている民たちに笑顔と手を振る仕草で応える。国民たちからは切り花が次々と馬車の中に投げ込まれ、あっという間にセシリアたちの周囲は花だらけになってしまったほどだ。

セシリアの美しさと笑顔の優しさに、民たちは妃としてひとまず受け入れてくれたようで、歓声は大波のように絶えず押し寄せてきた。セシリアはホッとする。

婚儀自体は、アルドリッジの大国具合を考えれば決して派手なものではなかった。大聖堂での夫婦の契《ちぎ》りの儀式とパレードと城下の祭り以外は、招待客も必要最低限に抑えたせいかセシリアが想像していたよりは質素なパーティだった。

けれど、それでよかったと思う。もしもヒースが想像していたような豪華なものばかりだったら気後《きおく》れして、ひどく疲れてしまっていただろう。それに民になるべく負担をかけないようにするダリウスの考えには、大いに同感だった。

「――姫さま、お疲れさまでした」

香油が入った湯船に浸かり、丁寧に身体も髪も清め終えたセシリアは、アナを中心とする召使いたちに儀式を終えた労いの言葉を受けた。肌が透《す》けてしまいそうなほどの薄いシルクの白い夜着に身を包まれたセシリアは、少し緊張した笑顔を向けて礼を言う。

「ありがとう。アナたちもいろいろとお手伝いしてくれて、とても助かったわ。今夜はもう大丈夫だから、あなたたちもお祭りを楽しんでね」

王城の外では、賑《にぎ》やかな祭りが行われている。だが、セシリアの耳にその賑やかさは届かない。思った以上にこの棟は、静かだった。

これから、ダリウスとの初夜だ。男性に抱かれるのは初めてのため、セシリアは自然と緊張してしまう。

(それに、今夜は契約の代償を支払う日でもあるわ……)

自分に満足してくれなければ、妃としての最たる役目を果たせない。それはアルドリッジの王妃として役不足となり、ローズレンフィールドへの援助が打ちきられる可能性を作り出す。それだけは、絶対に避けなければ。

アナたちも、初夜を迎えるセシリアの緊張を感じ取ったのだろう。安心させるように微笑みかけた。

「姫さま、今日の姫さまはとってもとってもとっても！　お美しいですわ。陛下もこの姫さまをご覧になられたら、不満も文句も出てきません。安心して陛下にお任せすればよろしいのですわ！」

「はい、アナさんの仰る通りです！」

他の召使いたちも、アナの言葉をに追随《ついずい》する。

「もしも陛下がご不満など仰るものでしたら、すぐにアナをお呼びくださいませ。僭越《せんえつ》ながら私が、陛下にご進言いたしますから！」

「……だ、大丈夫よ、アナ。そんなことにはならないと思うわ！」

アナならば本当に言葉の通りにやりかねない。セシリアは慌てて言い、寝室に飛び込む。

ベッドにはダリウスが座っていて、セシリアの様子に少し驚いたようだった。

「……何か、あったのか？」

「いえ！　何もありません！」

ベッドに座しているダリウスは、セシリアと同じ白い夜着だ。これまでに毎晩一緒のベッドで寝てはいても睦《むつ》み合うことはなかったため、見慣れた姿のはずなのに——ひどく、ドキドキしてしまう。

室内はベッドヘッドの灯《あか》りだけで薄暗く抑えられている。多分この位置からではセシリアの夜着の薄さはわからない。それでも自分の身体に自信が持てているわけではないから、セシリアは思わず自分の両腕で身体を抱きしめてしまう。

セシリアは唇を緩く嚙みしめ、意を決してベッドに歩み寄る。ダリウスがセシリアの方に手を伸ばし、腕を摑んで引き上げてくれた。

「あ……っ」

急に強く引き寄せられて、セシリアはダリウスの腕と胸の中に倒れ込んでしまう。夜着越しにダリウスの引き締まった身体の感触を感じて、セシリアの鼓動が熱く震《ふる》えた。

このまま抱かれるのかと思ったが、ダリウスは柔らかく包み込むように抱きしめてくれた。

「婚儀は疲れたか？」

優しく労《いたわ》りぶかい声音に、セシリアはダリウスの胸にもたれかかるように力を抜いて、首を振った。

「少し……ちょっと、緊張しましたから」

「では、今夜はもう眠るか」

「……いえ、それは……！」

ここで眠ってしまうのはいけない。セシリアは慌てて顔を上げ――直後、こちらを見下ろしていたダリウスの顎先《あごさき》に、唇が押しつけられてしまった。

「……っ」

自分の方からダリウスにくちづけている状況に、セシリアは慌ててしまう。そのまま飛び離れようとし、セシリアは勢い余って背中から倒れ込んでしまった。

「……姫……っ」

セシリアの身体を支えようとしてダリウスの腕が伸ばされたが――こちらも勢い余ったのかセシリアを押し倒す格好になってしまう。

お互いに予想外の体勢になってしまったことに、大きく目を見開く。セシリアはどうしたらいいのかわからず、ダリウスの金褐色の瞳を見返すだけだ。

(で、でもここで私が嫌がる素振りを見せたりしたら……きっと陛下はやめてしまわれるわ)

ここで抱いてもらえなかったら、契約が果たされない。セシリアはごくりと息を呑《の》んだあと、かすかに震える指で夜着の胸元を結んでいるリボンを引き解いた。

初夜用の夜着は、このリボンを解いてしまうと前が開くデザインになっている。

はらりと薄布が身体の両側に流れ落ちて、胸元から腹部、太腿《ふともも》もあらわにする。ほぼ全裸に近い格好をダリウスに見られて、恥ずかしくて消え入りそうだ。セシリアはダリウスを見返すことができず瞳を伏せているが、彼がじっと自分の身体を見下ろしているのはよくわかる。

身に絡みついてくるような強い視線に、小さく震える。セシリアは同じように震える唇を動かした。

「へ、陛下は……ローズレンフィールドを助けて……くださるのですよね……？」

「ああ。それがあなたと交わした約束だ」

ダリウスが、真摯《しんし》な声で答えてくれる。誤魔化《ごまか》しも迷いもないその声は、セシリアを信じさせてくれた。

（……大丈夫。陛下は私の国を助けてくださる……）

「ならば、私のことは気にせずに抱いてください。私を陛下に差し上げること……それが、ローズレンフィールドを助けていただく代価なんですから」

「……そうだな」

その頷きが、ほんのわずか寂《さび》しそうに聞こえた。だが確認することもできないまま、セシリアの身体に男の重みが加わってくる。

逞《たくま》しい身体は、セシリアが身じろぎしても逃げ出せそうにない。セシリアは覚悟を決めながら、目を閉じた。

ないはずだ。

閨《ねや》でのやり取りは、話には聞いている。ダリウスの好きなようにさせればまず、間違いは

ダリウスの吐息が、唇に触れる。薄い唇が、そっとセシリアの唇に押しつけられた。

ダリウスの唇が一度離れ、また重ねられる。柔らかく啄《ついば》むようなくちづけは優しく甘く、セシリアの強張りを解くかのようだ。そうしながらダリウスの手はセシリアの髪を撫で、頬を撫で、耳朶《みみたぶ》を指先でくすぐってきたりする。

「……ん……」

小さく甘い吐息を漏らすと、ダリウスのくちづけが一気に深くなった。濡れた舌を押し入れて、セシリアの舌に絡みつく。ぬるぬると肉厚の舌を擦《こす》り合わせるように搦《から》め捕《と》られ、混じった唾液を互いに味わい合う。

ダリウスの舌は熱く、セシリアの舌を吸ってくる。じゅる……っ、と唾液を啜《すす》る水音が聞こえ、セシリアは恥ずかしさに赤くなった。

喉奥まで侵してくるかのようなダリウスの舌の動きに、もう怯《おび》えは感じない。これまでに彼に与えられてきたくちづけが、セシリアの身体を緩やかに解していった。

「……あ……ん、んん……っ」

「……ああ……溢《あふ》れてしまった……」

ダリウスの舌が、口端から溢れた唾液を舐《な》め上げてくる。まるで獣に舐められているようだ。それなのに、セシリアの背筋はゾクゾクと不思議な震えを感じてしまう。

「あ……へ、いか……」

「あなたは……甘い。菓子のようだな……」

ダリウスの唇が、緩やかに移動し始める。顎の下を舌先でくすぐるように舐めて、細い首筋をゆっくりと舐め下ろしていく。肩口を啄ばまれながらダリウスは夜着に手をかけ、セシリアの身体から薄布を剝《は》ぎ取った。

ダリウスの片腕が、細腰に絡む。抱きしめられ、互いのぬくもりが感じ取れて少しホッとしたのも束《つか》の間《ま》、ダリウスのもう片方の手が胸の膨《ふく》らみの一つを捉《とら》えてきて――セシリアは小さく声を上げた。

「……あ……っ」

柔らかな膨らみを、ダリウスは掌《てのひら》で優しく撫で回してくる。唇は耳に移動して、尖《とが》らせた舌で耳中を舐め回した。唾液が絡むいやらしい水音が、セシリアの体内に侵入してくるようだ。だが、気持ちがいい。

ダリウスの掌が、ただ撫でる動きから揉《も》みしだく動きになる。一瞬強く膨らみを握り込まれ、セシリアはその刺激にびくんと大きく目を見張った。

ちょうど俯《うつむ》いていたために、乳房を揉みしだくダリウスの手の動きが見える。柔らかな膨らみに沈み込むダリウスの無骨な指先に、セシリアは頰を赤く染めた。

ダリウスの指の動きに合わせて、胸がいやらしく歪《ゆが》む。自分が淫乱《いんらん》になってしまったように思えて恥ずかしく、セシリアは思わず身を捩《よじ》った。だが腰に絡んだダリウスの片腕は思った以上に強く、セシリアを逃さない。

「あ……陛下……っ」

「あなたの胸を……もう少し可愛がらせてくれ。とても柔らかくてしっくりと俺の手に馴染《なじ》んでくれるな……」

ダリウスの指が、セシリアの胸の頂に触れる。指先で軽く弾くように触れられて、セシリアは小さな喘《あえ》ぎを抑えられない。

「……あっ、あぁっ」

自分のものとはとても思えないほどに、甘ったるい声だった。そんな声を出してしまうのが嫌で、セシリアは慌てて自分の口を押さえる。ダリウスがすかさずセシリアの手首を摑み、引き下ろした。

「あ……いや……」

「あなたの声が、聞きたい」

「あ……へ、いか……っ」

ダリウスがセシリアの上に覆いかぶさり、自重で押さえつける。自由になった両手が、胸の膨らみを掬《すく》い上げるように揉みしだき始めた。

時折強く握りしめるように揉まれ、身体の奥にじんじんとした疼《うず》きに似た熱が生まれ始める。それは下腹部に広がって腰の奥に何とも言えない快感を与えてきた。

「あ……あぁ……駄目……」

ダリウスの指が、セシリアの胸の頂きを指で捉える。側面をすりすりと擦り立てるように弄られると、下腹部の疼きはさらに強まった。秘められた入口が熱く潤《うるお》っていくのを感じて、セシリアはいやいやと首を振る。

「あ……ああ、ん……駄目……そこ……やめ……て、くださ……」

ダリウスが、ハッとして指を離す。淡い涙を浮かべたセシリアの目元に、ダリウスは労《いたわ》るようなくちづけを与えた。

「……すまない。やはり、嫌か」

セシリアは慌てて首を振る。だがダリウスはセシリアの否定の言葉を神妙に受け入れて、そのまま身を離そうとした。

セシリアは焦ってダリウスの腕を摑む。

「……違います……っ！　違う、んです……私、私……今、すごく淫《みだ》らな、声を……」

「……いや、可愛らしい声だったが」

ダリウスが至極《しごく》真面目な顔で言い返してくる。セシリアは真っ赤になって、身を縮めた。

「そ、そう……ですか？　私にはとてもそうは思えなくて……そ、それに……私……」

(濡《ぬ》れ、て……)

それを伝えることはどうしてもできなくて、セシリアは目を伏せながら無意識のうちに膝《ひざ》を擦《す》り合わせた。

その仕草で、気づかれてしまったらしい。ダリウスが小さく微笑む。

「疼いてきたか。……ここが」

「きゃ……駄目です、いけませ……っ」

セシリアが慌てて止めようとする前に、ダリウスの片手がするりと足の間に入り込んだ。自分でもまともに触ったことがない秘められた場所に、ダリウスの掌が覆うように押しつけられる。セシリアは恥ずかしさのあまりに、強く膝を閉じてしまった。

「いけま、せん……そんなところに、触れては……」

「男と女が愛し合うとき、男はこの場所に触れて女をとろけさせる。あなたに辛い思いはさせたくない。足を、開いてくれ」

優しく諭すように囁かれるが、セシリアはふるふると首を振ってしまう。頭ではそうしなければいけないとわかっても、羞恥とこの先の未知なる恐怖が足を強張らせてしまう。

「わかった。ではあなたが自ら足を開くようにしよう。あなたはそのままでいい」

ダリウスはそう言うと、セシリアの胸元に顔を埋める。自由な方の手で乳房を揉み解しながら、もう片方の膨らみをかたちをなぞるように舐め回し始めた。

「ふあ……あ……っ」

唾液でたっぷりと濡れた舌が、乳房を這い回る。その何とも言えない感覚は、セシリアの背筋にぞくぞくとした快感を与えてくる。

片手は乳房を押し回すように弄《いじ》り、指がくにくにと頂を押し込んできた。

「あ……ああ……っ」

舌が乳輪を舐め回す。その刺激に頂がぷっくりと立ち上がり始めた。ダリウスが片方を舌先で上下左右に揺さぶってくる。

指と舌で二つの頂を同時に弄られて、セシリアは涙を滲ませながら首を振った。

「あ……ああっ！」

「……そうだ。感じてきてくれたか？」

「それ以上は、もう……っ。んぁ……あっ、あぁっ」

疼く熱は散るどころかますます強くなっていく。だがダリウスはセシリアの懇願など構いもせず、汗ばんだ下乳も舐めてきた。

指が、爪で乳首を軽く引っ掻く。新たな快楽にセシリアがビクンと小さく跳ねると、もう片方の頂を口中に飲み込まれた。

「ああ……っ！」

熱い口中で強く吸われ、舌先が激しく嬲《なぶ》ってくる。溶けそうに熱く湿った口中での愛撫《あいぶ》は、セシリアに新たな快楽を教えてきた。

堪《たま》らずにセシリアはダリウスの黒髪の中に指を差し入れ、ぎゅっと抱え込んでしまう。ダリウスは一瞬だけ驚いたのか身を強張らせたが、すぐに胸への愛撫をさらに激しくさせた。

「あっ、あ、あ……っ！　も、もう、やめ……っ、胸、やめ、て……っ」

「駄目だ。あなたをもっととろけさせる」

じゅるるっ、と唾液を絡めながら乳首を強く吸われ、セシリアはダリウスの頭をしがみつくように抱きしめながら、身を捩った。身体がどんどん熱くなり、下腹部の疼きの強さに合わせて秘められた場所がしっとりと潤《うる》んでくるのがわかる。

下肢《かし》を押し当てられているダリウスにも、この湿り気は伝わってしまうだろう。何とかダリウスの愛撫から逃れようと身悶えし——その手に花弁《かべん》が触れて大きく震えてしまう。

「……ああっ」

鈍い心地よさが、腰の奥に生まれた。セシリアは腰を引こうとするが、マットレスに軽く沈むだけでできない。

「あ、あ……駄目、そんな……」

乳首を舐めしゃぶってくるちゅくちゅくという水音と、ダリウスの熱い息が、その唇と舌が与えてくる愛撫が、気持ちいい。腰が無意識に揺れて、ダリウスの掌に花弁を押しつけるようにしてしまう。

身じろぐたびにもっと気持ちいいところを探ろうとでもいうように、膝が緩んでしまう。

ダリウスがセシリアの胸の谷間に強く吸いついた。

「ああっ！」

ピリッ、と、小さな痛みすら覚える吸いつきた。ダリウスが頭を上げ、セシリアの拘束《こうそく》を優しく振り解く。

何をされたのかと胸元を見れば、ダリウスが強く吸いついた部分に愛おしげに舌を這わせていた。

赤い所有印が、刻まれている。肌が瑞々しい白さを持っているため、一枚の深い深紅の花弁が落ちてきたかのようだ。ダリウスが、うっとりと囁《ささや》いた。

「俺の印があなたの肌に刻《きざ》まれた。綺麗だ……」

感極まったように囁かれ、セシリアは身を震わせる。まるで恋人を求めている男の声音だ。

「それにここにも……あなたの一番奥深くにも、俺の印を刻む」

緩んだ脚の間に差し入れられたままの片手が、ゆるりと動く。掌の付け根が恥丘《ちきゅう》をくっ、と押し揉んだ。

「んん……っ」

新たな刺激に、セシリアははしたない声を抑えるために、両手で口を押さえようとする。ダリウスがセシリアの両手首をあっという間に一つにまとめて、頭上高くに押さえつけた。

「あなたは男に抱かれることが初めてだ。あなたが気持ちいいのかどうか確認しながら進めないと——あなたを傷つけてしまう」

ダリウスが自分を気遣ってくれているのはわかる。だが、これは恥ずかしくて堪らない。

セシリアは淡い涙で濡れた瞳で、ダリウスを見返した。

「私……こ、んな、淫乱な声を……恥ずかしい……」

ダリウスが軽く息を詰める。じいっと強く見つめられて、身体に穴が空いてしまいそうだ。淫らに身を捩る自分の裸身を見られ続けることは、とても耐えられそうにない。セシリアはダリウスの視線から少しでも逃れようと、顔を背《そむ》ける。

「淫乱などではない。あなたはとても美しい……髪も瞳も唇も肌も、華奢な身体も胸の膨らみも……しなやかな足も……」

囁きながらダリウスの視線が、セシリアの全身を這い回る。視線が何かの感触を与えることなどできないはずなのに、肌が粟立《あわだ》つように感じてしまう。

「あ……い、や……見ない、で……」

ダリウスの指が、ゆるゆると花弁を撫で始めた。

「あ……は、あっ」

ジンジンとした心地よさが、そこから全身に広がっていく。ダリウスはセシリアの表情を一つも見落とさないとでも言うように強く見つめたままで、指を動かした。

肉厚の花弁はダリウスの指によってゆっくりと蜜《みつ》を滲《にじ》ませ、開いていく。入口の窪《くぼ》みにダリウスの指が軽く沈み、周囲をくるくると撫で回してきた。

「あっ、あ、あ……いけま、せ……そ、んなふうに指を……動かさない、で……っ」

ダリウスの指が動くたび、くちゅ……ちゅくん……っ、と、小さな水音が立ち始める。ダリウスは入口を浅くまさぐり続け、滲み出してきた蜜をたっぷりと指に纏わせていった。

蜜でぬるついた指で、ダリウスは淡い銀色の茂みの中でひっそり埋もれていた花芽を捉えた。

「んぅ……っ」

指先で優しく摘《つ》まれても、今のセシリアには強い刺激だった。ビクンと腰が跳ね、息が詰まる。

ダリウスは蜜で濡れた指先で、花芽を優しく擦り立て始める。セシリアは大きく目を見張り、涙を散らすように首を振った。

「駄、目です……そこは、駄目っ！」

だがダリウスはセシリアの哀願など一切聞き入れない。優しいけれども逃れられない強さで、今度はくにくにと押し揉まれる。

「あ……は、ああっ、あっ」

くちづけで濡れ光る唇から、いくつもの喘ぎが溢れ落ちてしまう。身体が熱く、ダリウスの指が動くたびに蜜壺からじっとりと蜜が滴《したた》り落ちていくのがわかる。

いっそこのままもう貫いてほしい。そうすれば、こんなふうに堪らない快楽によがらずに済む。

「へ、いか……陛下、もう、私を……貫い、て……っ」

「駄目だ。まだあなたのここはとろけていない。もっと解さないといけない」

ダリウスが、手首を離す。セシリアは縋《すが》るものを求めて、シーツと枕をきつく摑んだ。

ダリウスの指は変わらずに花芽《かが》を弄っている。そうしながらダリウスはセシリアの自然と開いた膝の間に逞しい身体を捩《ね》じ込み——内腿《うちもも》に唇をつけた。

汗ばんだそこにダリウスの唇を感じて、セシリアは息を呑む。

「やめ……っ」

唇は内腿の薄い皮膚を軽く音を立てて啄ばみながら、奥へと向かっていく。セシリアはさらに腰を引こうとするが、無理だった。

ダリウスの唇が、恥丘《ちきゅう》に押しつけられる。かぶりつくようにくちづけられ、セシリアは涙を散らした。

「お、お止めください、陛下……！　そ、そんなところ……」

汚いから、と続けようとするセシリアに反論のつもりか、ダリウスの唇はさらに下る。

淡い茂みを舌先で優しく掻《か》き分け、中に隠された花芽をねっとりと舐め上げた。

「は、う……っ！」

強すぎる刺激に、セシリアの身体がビクッと跳ねる。ダリウスは指で立ち上がった花芽をくりくりと弄りながら、唾液をたっぷりと乗せた舌で舐めしゃぶってきた。

「はっ、はあっ、んんっ！　ん……んぁっ、嫌……っ」

淫らな喘ぎはもちろんのこと、身体が跳ねるように震えてしまうのも止められない。今まで経験したことのない気持ちよさをどうしたらいいのかわからず、セシリアは身悶えする。

「あ……ああっ、陛下……！　駄目……っ」

(頭が、おかしくなってしまう……!!)

ダリウスの舌の動きは止まらない。セシリアを高みに押し上げるべく、さらに激しく動く。

セシリアはシーツをきつく握りしめ、枕に後頭部を強く押しつけるようにして仰《の》け反《ぞ》った。

「あ、あああっ!!」

花芽を強く吸われて、達する。硬直した身体はしばしビクビクと震えて――それからぐったりとシーツの上に戻り、弛緩《しかん》した。

はあはあと荒い呼吸を繰り返す。絶頂を迎えたために、蜜がとろとろと滴《したた》ってきた。ひくつく花弁に纏わりつくそれを、ダリウスは丁寧に舐め取った。

「よかったようだな……」

初めての絶頂にセシリアの意識は白く霞《かす》んでしまって、ダリウスの言葉に答えることもできない。

ダリウスはそんなセシリアの頬を優しく撫で下ろし、その手を下肢に伸ばす。緩やかに開いたままの足の間に内腿を撫でながら侵入して、改めて花弁に触れた。

閉じられていたそこは、今はたっぷりと蜜を滴らせてひくつき、綻んでいる。セシリアの反応を注意深く見つめながら、ダリウスの指が蜜壺《みつつぼ》の中に潜り込んだ。

「あ……ん……っ」

初めて感じる異物感に、セシリアが小さく震える。ダリウスが覆いかぶさるように頬にくちづけた。

「辛いか？」

セシリアは小さく首を振る。ダリウスの唇が感じやすい耳に移り、舌先で耳中を舐めた。

「もう少し解しておきたい。いいか？」

何がいいと問われているのか、さっぱりわからない。セシリアはどう答えればいいのかわからないまま、ダリウスにしがみついた。

ダリウスが、小さく笑う。だがそれはセシリアの未熟さを嘲笑《あざわら》うものではなく、可愛らしく思っているもののようだ。

「そうだ。あなたはそんなふうに俺にしがみついていればいい」

ダリウスの指が、ゆっくりと蜜壺の中を出入りし始める。蜜を搦《から》め捕《と》るようにして動くため、くちゅくちゅとそこから水音が上がった。

自分のそこがしとどに濡れていることを教えられて、恥ずかしい。だがその羞恥も、ダリウスの指の動きが大胆になるにつれて消えていく。

「ん……んんっ、あ……っ」

ただ伸ばして入っていた指が、蜜壺内のあちこちを擦ったり、突いたりしてきた。時折ひどく気持ちよくなるところを刺激されて、セシリアはあられもない声を上げてしまう。

こんな声を上げたらダリウスに淫らな女だと呆《あき》れられるかもと不安になっても、止められない。なのにダリウスは、そうやってセシリアが強く反応したところを執拗《しつよう》なまでに攻め立てる。セシリアは次々と与えられる快楽に身悶えするしかない。

「あ……ああ、あ！」

「ここがいいのか……？」

「あぅ、ん、ん！　あぁっ！」

指の動きが激しくなる。狭い蜜壺の天井を擦り立てられながらの攻めに、再びの絶頂がやって来た。自分の意識がどこかに行ってしまいそうで怖くなり、セシリアはダリウスにしがみついた。

「……っ」

ダリウスの逞《たくま》しい肩に爪を立ててしまう。ダリウスが小さく息を呑んだが、セシリアはそれに気づけない。快楽で濡れた瞳をダリウスに向けて、セシリアは喘《あえ》ぐ。

「あ……へ、陛下……わた、し……また……っ！　んん……っ」

「ああ……姫、姫……」

堪らないというように、ダリウスがセシリアにくちづける。淫らな喘ぎはそれによって塞がれたが、代わりに指がますます早く動いた。

「んふっ、ふ……ふっ、んん……っ」

蜜壺の天井辺りを強く擦られると、信じられない気持ちよさがやって来てしまう。

(も、もう、駄目……っ!!)

二度目の絶頂を受け入れて、セシリアは悲鳴のような喘ぎをダリウスに口移しで与えた。

ひくん、ひくん、と小刻みに震える身体を、ダリウスは片腕で優しく抱きしめてくれる。指はすぐには引き抜かれず、蜜壺の蠕動《ぜんどう》を楽しむかのようにしばらく差し入れられたままだった。

セシリアの身体が少し落ち着くまで、ダリウスはゆったりと舌を絡めるくちづけを与え続ける。セシリアは全身がとろとろにとろけていくような感覚に、甘く息をついた。

ダリウスがようやく唇を放す。セシリアはくったりと横たわるだけだ。ダリウスが指を引き抜くと、何とも言えない喪失感を感じてしまう。

ダリウスが、セシリアの膝を摑んだ。

「姫。少し、辛いかもしれないが……耐えてくれ」

セシリアが何かを言い返す前に、蜜口に硬く熱いものが押し当てられる。いつの間にかダリウスも全裸になっており、彫刻像《ちょうこくぞう》のように均整《きんせい》の取れた逞しい身体を、セシリアの足の間に押し入れていた。

当たっているものが何なのか、セシリアからは見えなくともわかった。蜜口に当たる感触と質量から、想像以上に大きく太いものだとわかる。

受け入れられるのか不安になって、思わずごくりと息を吞んでしまう。ダリウスはすぐにそれに気づいたが、今度は止まる様子は見せない。

「……ここまで来て止めるのは、無理だ」

「か、構いません……私の純潔は陛下に差し上げると、もう決まっています」

それが契約だから——なぜか、そう言うのは嫌だった。

ダリウスはセシリアの両手を取り、自分の首に回させる。

「しがみついていてくれ」

こくん、と小さく頷くと、ダリウスの腰が進んだ。

「……っ!!」

身体を引き裂かれるかのような痛みに、セシリアが大きく目を見開く。達して熱かったはずの身体が、一気に冷えていった。

「あ……は、は……っ」

痛みに、気を失いそうだ。セシリアは衝動的にダリウスにしがみつき、首筋や肩口に爪を立てる。

ダリウスが一瞬小さく息を詰めたが、すぐに優しく囁いた。

「すまん……もう少しだ」

「ん……んん……んっ」

ダリウスの腰が、蜜壺の奥を目指してゆっくりと押し入ってくる。花弁が引き裂かれんばかりに押し広げられ、強烈な圧迫感と体内に入る質量に息をするのも忘れてしまいそうだ。

ダリウスはセシリアの強張りを解すために、見つけたばかりの感じる部分を再び愛撫してくる。胸の膨らみを揉みしだかれ、ピンと尖った頂を舐めて吸われ——そして、広げられた花弁の上部で震えている花芽を、指先で捏《こ》ねられた。

同時に与えられた愛撫に痛みを上回る快感がやって来て、セシリアの身体が一瞬緩まった。その瞬間を逃さずに、ダリウスはぐっと腰を押し進める。

「……ああっ!!」

ダリウスの男根がみっちりと蜜壺を埋めつくした。セシリアは短く切れるような呼吸を繰り返す。ダリウスが、感じ入ったように大きく息をついた。

「あぁ……これで、あなたは俺のものだ」

ダリウスの唇が、くちづけを与えてくる。優しく触れられるのかと思ったが、すぐに舌を搦め捕ってくる激しいくちづけだった。

「あ……ん、んん……」

くちづけの激しさから、ダリウスが自分を求めてくれていることがわかる。だがすぐに動くことはせず、セシリアの身体が落ち着くまで待ってくれていた。

くちづけと一緒に、再び胸と花芽を愛撫される。丁寧にそうされると、みちみちと押し広げられているだけだった蜜壺が徐々にとろけていった。

痛みは消えないが、身体の奥に燻《くすぶ》る熱が上回ってくる。ダリウスが軽く身じろぎすると奥ににじん……っ、と、鈍い心地よさがやってきた。

セシリアは、無意識に蜜壺を締めている。それに気づいたダリウスが、唇を離した。

「少しは……俺のかたちに慣れてきたか？」

「わ、わかりま、せ……」

初めてのことばかりで、セシリアはどう答えればいいのかわからない。ただ自分の身体が違うものになってしまったような気がして怖い。ダリウスはセシリアの耳元で小さく笑う。

「あなたの可愛い声で、教えて欲しかったんだが……いい。あなたの中の締めつけを感じるから、わかる」

淫らな言い方をされて、羞恥が蘇《よみがえ》った。ダリウスはさらに小さく低く笑うと、ゆっくりと腰を動かし始める。

雁首《かりくび》まで引き抜かれ、また根元まで押し込まれる。愛蜜が潤滑油となり、セシリアが思う以上に滑らかな動きだった。

セシリアを傷つけないようにするためか、ダリウスの抽送《ちゅうそう》はじれったくなるほどに緩やかだった。濡れた膣壁《ちつへき》が男根で擦《こす》られ、セシリアは身悶える。指では届かなかったところも擦られ突かれると、痛みの中から新たな気持ちよさも生まれてきていた。

「あ……あっ、あ……っ」

ダリウスの腰の動きが、次第にもどかしくも感じられる。ダリウスは頃合いを見計らって、腰の動きを緩やかに速めてきた。

「あ……あっ、陛下……っ」

ダリウスの男根が、ぬぷぬぷと蜜壺を出入りする。繰り返される抽送に、くちゅくちゅと粘着質な水音が重なった。

ダリウスの張り詰めた亀頭が、蜜壺の天井を強く押し上げるように擦りながら勢いよく入り込む。指でされたときも堪らなかったところをもっと太く逞しいものでされて、快楽も一際強い。

「あ……陛下、そこ、は……ああっ！」

「ここが、いいか。なら……」

「んぁっ！　あぁっ！」

駄目だと伝えようとしたのに、ダリウスは狙《ねら》いを定めて攻め立ててくる。セシリアの蜜壺はダリウスを受け入れ、逃さないとでも言うように締めつけた。

息が、乱れる。快楽の涙で視界がけぶる。

(も、もう、何も考えられな……っ)

「セシリア……っ」

掠《かす》れた声で、ダリウスが名を呼んだ。その声の熱さと男の艶《つや》に、セシリアの胸がきゅん、ときめく。それは蜜壺に忠実に伝わり、ダリウスの男根をますます締めつけた。

「は……っ!」

ダリウスの息も、どこか辛そうに乱れ始める。

「すま、ん……もう、駄目だ……」

「あ……ああっ!?」

ダリウスが膝立ちになり、セシリアの細腰を摑んで強く引き寄せた。軽く仰け反る体勢になり、ダリウスの男根を奥深くに否応《いやおう》無く呑み込まされる。だがそんなことをしなくとも、セシリアの蜜壺はダリウスを求めて締めつけをますますきつくしていた。

「あ……あっ、ああ……っ」

ダリウスの腰が、激しく振られる。男の先走りと蜜が絡んで混じり、繋がる下肢はぐちゅぐちゅと濡れ続けた。

「陛下……陛、下……っ」

シーツや枕ではなく、ダリウスにしがみつきたい。彼の体温を感じたくて、セシリアは手を伸ばす。

ダリウスはセシリアの上に覆いかぶさり、深く包み込むように抱きしめてきた。互いに汗ばんだ肌は濡れて滑りそうになるが、セシリアはダリウスの逞しい背中に両手を回す。

「は……あっ、あ……っ」

どこもかしこもぴったり重なり、自分の身体とダリウスの身体が溶け合って一つになるようだ。ダリウスの抽送の激しさはさらに強くなり、セシリアはガクガク揺さぶられる。

今までにない極みがやって来る。セシリアはダリウスに懸命にしがみつきながら、達した。

「あ、あああぁっ!!」

「……っ！」

すぐ後に、ダリウスの腰がぐぐっと一層強く押し込まれた。亀頭が一番深い部分を貫き、欲望を放つ。

体内に熱い迸《ほとばし》りを感じて、セシリアは小刻みに震えながらぐったりとシーツに沈み込んだ。ダリウスは蜜壷のもっと奥を探るかのように、何度か腰を振る。

「ふ……あ……あぁ……あ……」

「……姫……」

精を放つ衝動が治まると、ダリウスは名残惜しげに肉棒を引き抜いた。

「ん、あ……」

不思議な喪失感《そうしつかん》に下肢が震え、蜜壺から蜜とは違う熱いものがとろりと溢れるのがわかる。ダリウスは息を乱すセシリアの頬や額に汗で張りついた髪を払ってやると、柔らかいくちづけを与えてくれた。

くちづけの優しさを感じながら、セシリアの意識は急激に眠りの中に落ちていった。

小鳥のさえずりがセシリアの眠りを優しく拭ってくれる。緩やかな目覚めにセシリアはゆっくりと瞳を開いた。

身体がひどく怠《だる》い。初めて知る強い倦怠感《けんたいかん》に、セシリアは大きく息をついた。もう少し眠っていたいが、そうもいかない。王妃が朝寝坊など、周囲に示しがつかない。

「まだ横になっていた方がいい」

耳元でダリウスの低く響きのいい声がして、セシリアはドキリとする。直後に昨夜の——初夜のあれこれが思い出され、セシリアは真っ赤になって飛び起きようとした。

だが、いつの間にか身体に絡んでいたダリウスの腕に、包み込むように抱きしめられてしまう。二人とももちろん裸で、体温が伝わってきた。

何を言えばいいのかわからず、セシリアはダリウスの腕の中でじっとしている。ダリウスはセシリアの背中を緩やかに撫で下ろし、腰の辺りを優しく摩《さす》った。

「今日はどれだけ寝坊してもいい。ゆっくり休んでくれ。昨夜は……無理をさせた」

ひどく申し訳なさそうに言われて、セシリアは慌てて顔を上げる。とても間近にダリウスの顔があり、金褐色の瞳がこちらを心配そうに見つめていた。

その労わりに満ちた仕草に、セシリアは無理なく微笑む。

「そんなに心配なさらないでください、陛下。私は大丈夫です。少し身体が怠いだけです」

ダリウスが、ほんのわずかに表情を緩める。

最初こそ無愛想にも見えるほど表情が乏《とぼ》しく思えたが、わかりにくいだけで、よく見ればダリウスの気持ちが伝わってくる。セシリアも柔らかく微笑み返した。

「あなたがそう言ってくれるのは嬉しいが、無理をさせてしまったことは事実だ。もう少し眠ってくれ。初夜を終えた花嫁が盛大な朝寝坊をするのは、むしろ当然のことだ」

少し冗談ぽい言い草に、セシリアは笑う。正直な気持ちを言えば、もう少し休んでいたい。

「では……陛下のお言葉に甘えさせていただきます」

「ああ、そうしてくれ」

ダリウスの手がセシリアの髪や頬を優しく撫でてくれる。それがとても心地よく、セシリアはすぐに眠りの中に落ちていった。

目を閉じながら、セシリアは思う。

(この国にために――この方のために、良い妃にならなくてはいけないわ)

それがアルドリッジのため――ひいては、ローズレンフィールドのためになるのだから。

【4】

決済のサインが必要な書類を終え、ダリウスは小さく息をつく。トレイに置かれた数枚のそれらを確認したルイスは、頷《うなず》いた。

「ありがとうございます、陛下。これで全部です」

「急ぎのものはそれで大丈夫だな？」

「はい。各省に回して進めます。一旦失礼させていただきます」

ルイスがトレイを持って深く頭を下げ、退室する。丁度書類処理に区切りがついたこともあり、ダリウスは一息入れようとした。

ふと何かを感じて、隣室の窓辺に向かう。窓の外、庭園の花壇のところに、召使いとともにセシリアがいた。

セシリアは楽しそうに召使いと話しながら、花を摘《つ》んでいる。ここに来たばかりの頃は気張った表情が強く出ていたが、婚儀を無事に終え、妃としての務めの一つを果たしたことで随分《ずいぶん》解れた表情になっていた。

昨夜のセシリアは初めて男を受け入れる不安や戸惑《とまど》いに身構えていたものの、自分が与えた。

る愛撫《あいぶ》によってだんだんと蕩《とろ》けていく様がたまらなく可愛らしかった。初めて知る快楽を羞《しゅう》耽《ち》ゆえに堪《こら》えようとしながらも抑えきることができず、徐々に乱れていく様子も、美しかった。

セシリアを大切に大事に抱きたくて欲望を堪えてはいたが、最後は我慢できずに激しくしてしまったことが悔やまれる。そんな自分をセシリアは精一杯受け止めようとしてくれて

——さらに愛《いと》おしさが募《つの》った。

(あなたは、ローズレンフィールドを救うために俺のものになった)

そしてダリウスの妃となったからには、アルドリッジの王妃として良い人物になろうと努力してくれている。

密かに想い続けていた人が、妃として手に入った。だがそこにあるのは義務感と責任感だけで、自分への想いはない。それでもいいからと契約を仕掛けたのは自分だ。

(人という者はまったくもって貪欲《どんよく》な生き物だ。これだけでいいと思っていたのに、それが手に入るともっと欲しくなる)

少しは、自分に好意を抱いて欲しいと。

(俺を、好きになって欲しい)

ダリウスは思わず苦笑した。これでは無い物ねだりの子供と同じだ。好きになってもらうためにはどうしたらいいのだろうかと考えている自分は、まるで初めて恋を知った初《うぶ》さを持っているようで、苦笑するしかない。だが、セシリアの心も手に入れるように動くためにも、

自分を取り巻く環境はもう少し落ち着かせたかった。まだセシリアには知らせていない存在が動き出す可能性がある。予防線は張ってあるが、油断はできない。

（あの人のことだ。セシリアを利用するためだろう）

願いが自分にだけ向けられているのならば、放っておいてもいいと思っていた。だがそのためにセシリアを利用するのならば、無視はしない。

（叩き潰す）

窓ガラスに映る自分の顔から、笑みが滑《すべ》り落ちた。直後、セシリアがダリウスの視線に気づいたかのように顔を上げてくる。

窓辺にいるダリウスの姿を見つけると、セシリアが満面の笑みを見せてくれた。幼い頃に向けられた彼女の笑みと重なり、心が暖かくなるのを感じる。

ダリウスは小さく笑い返した。

（あなたの心が、欲しい）

ふと思い至り、ダリウスは執務室を出ていく。セシリアがいる花壇のところまで、無自覚で急ぎ足になりながら向かっていく。まだ花摘みは終わっていなかったセシリアたちはそこにいて、ダリウスの足音に気づいて顔を上げると驚いた。

「へ、陛下？　いかがいたしましたか!?」

「ちょうど執務に区切りがついた。あなたが何をしているのか傍《そば》で見たくなったんだ」

「……た、ただの花摘みです。晩餐《ばんさん》のときに飾る花は何がいいかと思って……」

「そうか。では俺が切ろう」

ダリウスがセシリアの隣に並び、身を屈《かが》めていた召使いから鋏《はさみ》を受け取った。召使いたちは何かに気づいたように互いに顔を見合わせると、ダリウスに礼をして立ち去っていく。思いもかけずに二人きりになれて、ダリウスは内心でひどく嬉しくなる。

「他に、どの花がいいんだ？」

「陛下にそんなことは……」

「棘《とげ》や葉で怪我《けが》でもしたら大変だ。俺がやる」

セシリアの身には、たとえ髪一筋ほどの傷でもつけたくはない。無意識のうちに断固とした口調で言いきると、セシリアは少し戸惑いながらもはにかむように笑って続けた。

「ありがとうございます、陛下。あの……陛下はどの花がお好きですか？　陛下のお好きな花を飾りましょう」

（それはあなただ）

そう告げようと思ったものの、何だかひどく気恥ずかしくなる。ダリウスは花壇を見回し、その中でセシリアに一番似合う花を見つけて、一輪を摘んだ。

手にしたのは、白薔薇《しろばら》だ。茎を短めに切ってしまうと、セシリアが少し慌てる。

「陛下、そんなに短く摘んでしまってはいけません。花瓶に生けられませんわ」

「いいんだ」

目についた棘も刃先で切ったあと、ダリウスはそれをセシリアの耳上辺りの髪にそっと挿《さ》す。

白い薔薇は、セシリアの白銀の髪によく似合っていた。白く穢《けが》れのない色は、ダリウスにとってはセシリアそのものだ。

「よく似合う」

「……あ、ありがとう、ございます……」

セシリアが目元を淡く染めて、恥ずかしげに——けれどとても嬉しそうに笑った。その笑顔を見て、ダリウスはさらに強く思ってしまう。

(あなたの心も、欲しい)


ダリウスが髪に挿してくれた白薔薇は、晩餐の時間になるとすっかりしおれてしまった。切り花で花瓶に生けてもいないのだから、それも当然だ。わかっているのに髪から外せなかった。しかもアナがひどく申し訳なさそうに言ってくれるまで、髪から外すことにも気づかなかった。

晩餐の前にセシリアは薔薇を自らの手で外し、ドレッサー台の上に置く。花はしおれてしまったが、セシリアの心はほんわりと暖かい気持ちで満たされていた。

ダリウスがこれをくれたときのことを思い返して、セシリアの唇に柔らかい微笑が浮かぶ。あまり表情の変化を感じることはなかったが、こちらを見つめてくるダリウスの瞳には、甘

やかな光を感じ取れた。……とくん、と鼓動が小さく音を立てる。

(この薔薇……このまま処分してしまうのは嫌だわ……)

何かいい方法はないかとセシリアは考えて、花びらを一枚、抜き取った。これを押し花にして栞《しおり》か何かに加工しよう。名案にセシリアは満面の笑みを浮かべ、ふと、ドレッサーの鏡に映る自分の顔を認めて、急に恥ずかしくなる。

(だって私……なんて顔をして……)

ダリウスとのやり取りを思い出した自分の顔は、少し頬を赤らめてとても嬉しそうなそれだった。


だがダリウスは、初夜のあと——セシリアにくちづけはしても、抱くことがなくなってしまったのである。


ダリウスの腕の中で目覚めることは、婚儀からの当然のことになっていた。ダリウスの王としての忙しさは相変わらずのようだったが、婚儀関係の色々が終わったことでセシリアとの時間も取れている。

ともにベッドに入って、朝を迎える。ダリウスはいつもセシリアよりも早く目覚め、優しいくちづけで起こしてくれた。今日も、変わらない朝だ。

「陛下、セシリアさま、おはようございま……し、失礼いたしましたっ！」

召使いたちが仲睦《なかむつ》まじい二人の様子を目にしてしまい、慌てて部屋の外に出るのも変わらない日常になりつつある。ダリウスはセシリアに小さく笑いかけると、ベッドから降りた。

「朝食にしよう。着替えてくる」

「……はい。私も支度をして参ります」

ダリウスが自分の部屋に向かうのを見送ってから、セシリアも自室に行く。室内にはアナが待っていた。

「おはようございます、姫さま」

「ええ、おはよう。いい朝ね」

挨拶《あいさつ》に不審感を抱かれないよう、セシリアはいつもと変わらぬ笑みを浮かべて答える。一瞬アナがこちらを探るように見てきたが、他にも召使いがいる手前、深く追求してくることはなかった。

アナたちの手を借りて、身軽なデザインのドレスに着替える。午後に大聖堂への拝礼が予定されているが、午前は何もないためこれで充分だった。

「姫さま、拝礼のドレスはこちらの……すみません、もっと襟《えり》の高いデザインのドレスにしますね」

ドレスの変更に、セシリアは他の召使いたちと一緒にきょとんとしてしまう。だがすぐに召使いの一人が真っ赤になり、ひどく言いにくそうに言った。

「セ、セシリアさま。その……お首に……」

それ以上は言えないらしく、召使いは手鏡を渡してくれる。言われるままに鏡を覗き込めば、首筋に——鎖骨《さこつ》に近い辺りにくっきりとくちづけの痕《あと》が刻まれていた。

セシリアは真っ赤になり、危うく手鏡を落としてしまいそうになる。

「ご、ごめんなさい。気づかなくて……」

「いえ！　それだけ陛下がセシリアさまを可愛《かわい》がっていらっしゃる証拠ですわ！」

召使いたちがとても嬉《うれ》しそうに声を揃《そろ》えて言ってくる。セシリアはぎこちないものにならないよう、はにかむような笑顔を見せた。

だが、胸の奥には小さなしこりが残っている。

この状況を見れば、間違いなくセシリアはダリウスにベッドで可愛がられていると思われるだろう。世継ぎの心配もないと、安心もされる。だが、そんな周囲の期待に反して、セシリアは初夜の後から一度も抱かれていないのだ。

周囲に訝《いぶか》しがられないようにするためか、ダリウスはこんなふうに愛されている印を残してくれる。気遣ってもくれるし、その優しさは嘘《うそ》ではないとも感じ取れる。

——だが、抱いてはくれない。

（これは、どういうことなのかしら……）

互いに一番深く繋がりあったとき、ダリウスの慈《いつく》しみを感じることができたのに——間違いだったのか。

胸の内からじわりと湧いてくる不安を、セシリアは慌てて首を振って吹き飛ばす。だったらダリウスに、理由を聞いてみればいい。けれど、答えを知るのが怖い。もしも自分の身体に女としての魅力を感じなくて、抱く気持ちがなくなってしまったのだとしたら。

（おかしいわ……何をぐずぐずと考えてしまっているのかしら……）

ダリウスに愛されないと、世継ぎを生むことができない。そうなれば、王妃としての一番の務めを果たせていないことになる。それは、駄目だ。絶対に駄目だ。

（もし私が『王妃』としての役目を果たせなかったら、ローズレンフィールドもまた大変なことになってしまうわ……！）

セシリアは表情に出さないように気をつけながら、必死で考え込む。とにかくダリウスの興味を自分に向けなければ。

気持ちは自分に向いているだろう。そう思いたい。そして男としての欲望を向けてもらわなければ。

（陛下の男の方としての欲望を、私に……）

そのために、どうしたらいいだろう。

悶々《もんもん》とした考えに少しでも光を見出せればいいと、セシリアは庭園を散歩することにした。

明るい日差しと色取り取りの花たちを見ていると、確かに心は落ち着いてきた。セシリアはちょうど目に入った淡いピンク色の薔薇の前で足を止め、柔らかく微笑《ほほえ》んだ。派手すぎない色合いが、とても可愛らしい。この一輪を貰って窓際に飾ったら、心が和《なご》む一角になるだろう。

セシリアは薔薇の前に屈み込み、指先で花弁《はなびら》にそっと触れた。

薔薇を見ていると、ダリウスにもらった白薔薇のことを思い出す。あのときのダリウスの優しい眼差しを思い出すと、不思議と胸がきゅんっとときめいた。

花がセシリアを傷つけることなどないのに、髪に挿す仕草すらとても気を遣っていることがわかる指だった。大事にしてくれていると感じられて、それがとても嬉しかった。

(陛下に、嫌われてはいないと思うのだけれど……)

ダリウスにもらった薔薇は花弁の一枚を綺麗《きれい》な紙に貼りつけて栞にし、王妃としての勉強用の本に使用している。それを見たダリウスは、表情に大きな変化はなくとも喜んでくれていた。そんなダリウスを見ていると、自分も嬉しくなった。

(そうだわ。白薔薇を摘んで陛下の執務室にお届けして、お仕事でお疲れになられた御心の慰めに……)

ああでも、とセシリアは肩を落とす。そんなことをされても、煩《わずら》わしいと思うかもしれない。もしかしたら、自分に興味がなくなってしまったかもしれないのに。

「陛下はどうして……私に触れてくださらないのかしら……」

思わず声に出して呟《つぶや》いてしまったことに気づき、セシリアは慌てて口を押さえる。万が一誰かに聞かれたら、自分とダリウスとの仲を不審がられてしまう。

だがそんなことよりも、セシリアは自分の心に驚いてしまう。王妃として抱かれないことを不安に思うよりも、自分自身に興味を持たれていないことを不安に思っているなんて。

(私……私ってば、なんてこと……いけないわ!)

いい妃になることを、自分はダリウスに誓ったのだ。その代わりに、彼はローズレンフィールドを助けてくれているのだから。

(助けて……くれているのよ、ね……?)

不安に強く目を閉じる。その背中に、アナの声がかかった。

「姫さま? まあ、こんなところでどうされましたの?」

アナはセシリアの傍《そば》に小走りに走り寄ってくる。セシリアは気を取り直してアナに笑いかけた。

「散歩をしていたの。綺麗な薔薇があったから、一輪欲しいと思っていたところよ」

「では私が」

下げ袋の中から鋏を取り出して、アナはセシリアに切る薔薇を選ばせる。セシリアが指で示したそれを切ったあと、アナは優しく問いかけた。

「姫さま、ここにはアナしかいませんわ。何かお悩みがあるのでしょう?」

「……アナ」

「私は姫さまに長くお仕えしているんですよ。姫さまのことならば何でもわかります」

「もう、アナったら」

アナと二人きりということが、セシリアの少し弱ってしまった心を解《ほど》いてしまう。幼い頃からともにいた存在ということも、その理由だろう。セシリアはアナと一緒に薔薇の前に膝《ひざ》を折り、潜《ひそ》めた声で話してしまった。

ダリウスはこちらを大切にしてくれていても、触れてはこないこと。それによって王妃としての役目の最も重要なことが果たせなくなること。もしそうなれば、ローズレンフィールドも救われなくなること。

アナは真摯《しんし》にセシリアの弱音を聞いてくれる。すべてを吐き出すとスッキリし、セシリアは大きく息をついた。

「……ありがとう、アナ。話を聞いてくれて」

「いいえ、これくらい大したことはありませんわ。陛下が姫さまにどうして触れられないのかは私にはわかりませんけど……でも、少なくとも素《そ》っ気《け》なくされているわけではないのですし、何か理由があるのかもしれませんわ」

それは一体何なのだろう。セシリアには見当もつかない。ただ、不安だ。

(だって陛下が私に触れてくださらないと、ローズレンフィールドの援助がなくなってしまっているように思えて……)

その何とも言えない不安が、セシリアの唇を動かす。

「アナ、お願い。陛下に知られないように、ローズレンフィールドがちゃんと援助を受けているかどうか確認してほしいの」

誰かに聞かれることのないよう、声は自然と潜めたものになった。アナは訝しげに眉根を寄せて、セシリアを見返す。

「姫さま……？」

「ごめんなさい、アナ。ただ……確認がしたいの」

セシリアの思い詰めた横顔を認めて、アナはそれ以上何も言わずに快く頷いてくれた。

「わかりました。陛下に知られないようにとなると少しお時間をいただきますが……確認してまいります」

「ありがとう、アナ」

自分の頼みを聞いてくれたことに、ホッとして少し笑顔が浮かぶ。アナはその笑顔に安心したのか満面の笑みを浮かべると、セシリアの隣に身を屈めた。

「さあ、姫さま。こちらの薔薇を摘めばよろしいですか？」

「ええ、そうね。あと、この花も……」

「――まあ、綺麗な薔薇」

ふいに見知らぬ女性の声がして、セシリアは顔を上げる。ゆったりとした歩でこちらに歩み寄ってくるのは、黒衣の貴婦人だった。まるで喪中《もちゅう》であるかのように、身体の線をあらわにするドレスは黒色だ。袖《そで》なしのドレスと黒レースで作られた長手袋をはめている。

帽子は髪飾りのように小ぶりのもので、顔が隠れるよう黒いレースが落ちている。明るい日差しと庭園の中に、突然黒い雫《しずく》が落ちてきたかのようだった。

(誰……?)

ダリウスに紹介された貴族たちではない。では、その妻だろうか。だが王城に——しかもダリウスの居住区となる棟でずいぶん堂々と歩いているように見える。

王の住まいに入っているというのに、随順《ずいじゅん》さを感じない。その仕草にアナだけではなくセシリアも警戒してしまう。

よもや刺客か。だとしたら、もう少し目立たない格好をしているはずだが。

セシリアはひとまず声をかけようとしてみるが、アナが慌てて止めた。

「お待ちください、姫さま。ここは私が」

黒ドレスの彼女が足を止め、不快げに眉根を寄せた。

「まあ……アルドリッジ王城に私のことを知らない者がいるなんて、嘆かわしいわ。あの子のせいなのかしら」

(あの子って誰のこと……?)

優雅な口調ではあったが、声音には不穏《ふおん》さが感じられる。アナがセシリアを背に庇《かば》うように前に一歩進み出た。

「あなたの方こそ姫さまのことを存じ上げないとは不敬です。姫さまはアルドリッジ国王妃でございますよ」

「不敬なのはお前の方よ」

彼女の目が、ひどく冷たく光ってアナに向けられる。本能的な怯《おび》えを感じて震え上がったアナだったが、セシリアの前からどかない。彼女はそんなアナをじっと見つめたまま、微《び》笑《しょう》した。

「悪い子にはお仕置きをしなければいけないわね。城の召使いの質が下がるのはいけないことだわ」

言いながら彼女は持っていた黒いハンドバックに手を入れる。そしてそこから一本の銀のナイフを取り出した。

突然凶器を見せられて、セシリアとアナの顔が強張《こわば》る。どうしてこんなに当たり前のようにナイフを持っているのか。いや、どうしてこんなに簡単に人に刃を向けるのか。何か、彼女の思考は通常とは違う。

「王妃ならば傍付きの質はもっと高めなさい。でないと自分の質を下げることになるわよ」

とても真面目な表情で彼女は言う。その瞳や仕草に何か言い表しようのない狂気めいたものを感じて、セシリアは身震いした。

(このままだと、アナが……！)

「——エレインさま！　こちらにいらしたのですか!?」

ひどく慌てた様子で数人の召使いが走り寄ってきた。彼女たちは銀のナイフに気づくと、ギクリとしながらも笑顔を保つ。

「エレインさま、それはどうされたのですか？」

「あの娘が私を不敬だと言ってきたのよ。躾《しつ》けてやらなければいけないでしょう？」

召使いの一人がナイフをそっと取り上げ、後ろの者に渡して彼女から遠ざけながら頷いた。

「ええ、そうですね。それは大変申し訳ございません。ですが召使いの教育は、この国の王妃殿下がわざわざされることではありません」

（王妃!?）

ダリウスの王妃は自分だけのはずだ。では目の前の彼女は、前王妃か。だが彼女の存在のことをセシリアは一切聞かされていない。婚儀のときですら、彼女の姿はなかった。

（どうして私は陛下のお母さまのことを知らされていないの……!?）

気落ちしている場合ではない。セシリアはすぐに立ち上がり、乱れたスカートを掌《てのひら》で手早く整えてからエレインに腰を落として礼をする。アナも慌ててセシリアより一歩後ろに下がり、同じように礼をした。

「ご挨拶が遅れてしまい申し訳ございません、エレインさま。私はセシリア……」

「知っているわ、セシリア。ローズレンフィールドの姫」

語尾に押しかぶせるようにして、エレインは言ってくる。何だか威圧的な雰囲気を感じて、セシリアは次の言葉を飲み込んだ。

エレインはレース越しに水色の瞳を細めた。微笑みのかたちをしていても、あまり好意的には見えない。

「息子の妻になる姫のことよ。知らないわけがないでしょう」

「恐れ入ります」

「あなたは私のことを知らなかったようだけれども」

確かにその通りのため、セシリアは何も反論できない。ただ、どうして教えてもらえなかったのかとダリウスへの不安がさらに強まってしまう。

(黒い噂……)

ダリウスのもとに来るまでに知った彼の噂を、思い出す。ダリウスがセシリアを抱かないまでも優しく大切にしてくれていることが感じられたから今まで忘れてしまっていたことを、思い出してしまった。

父殺しの疑いを一部の臣下からかけられていること。エレインの存在を自分に教えなかったことは、それに関係するのだろうか。

(……いいえ……いいえ！　きっと何か理由があるのだわ。そう、理由が)

必死に自分に言い聞かせているようにも思えて、切ない。視線を伏せたままのセシリアに、エレインは微笑んだ。

「どのような姫なのか会いたくてたまらなかったわ。肖像画よりも実物の方がとても綺麗ね」

まるで挨拶に来なかったことを責められているように思えてしまう。このどこか刺々《とげとげ》しい態度はそのせいか。

（陛下はどうして私をすぐにエレインさまに会わせてくださらなかったのかしら……）

少なくともエレインは、こうして会いたがってくれていたようなのに。

——何とも言えない不安がじわりと胸に広がって、セシリアは頬を強張らせる。目の前のエレインに気づかれないようにはしたが、成功しているかどうかは自信がなかった。

エレインが、小さな声を立てて笑った。

「ごめんなさい、責めているわけではないのよ。きっとあの子があなたと私を会わせないようにしているからでしょう」

セシリアは何とも答えようがなく、唇を緩く嚙みしめる。

そんなセシリアの反応を楽しむように、エレインが一歩、近づいた。セシリアの肩に手を置き、そっと耳打ちする。

「セシリア姫、あの子には気をつけなさい。母親である私を離宮に追いやるような子よ。打算的で酷薄《こくはく》な子なの。いつかあなたも私のように、あの子にひどい目に遭《あ》わされると思うわ。あなたも、知らないわけではないでしょう？」

「……何を、ですか」

「あの子に纏《まつ》わる黒い噂」

紅《べに》を乗せた唇が、きゅっと意味深な笑みを浮かべて言ってくる。セシリアの心臓が、どくりと大きく音を立てた。

「へ、陛下はそのような方ではありません。アルドリッジに来てから、私に大変よくしていただいています」

セシリアの好みを探ってくれ、答えが見つかるとそれを大量に渡してくれようとする。不器用な優しさは、セシリアの心をほんわりと暖かくしてくれていた。初夜のときもセシリアの身体をできる限り気遣ってくれて、満たされる悦びを感じさせてくれた。他にも不器用ながらも優しさや労わりを感じられるときがある。そんなダリウスが策略や陰謀《いんぼう》にまみれた者ではない。

エレインはセシリアの反論をある程度予想していたらしい。ふふふ、と、からかうように笑う。

「可愛い子ね。早速もうあの子の毒牙にかかってしまったのかしら。痛い目を見ないといいのだけれど……」

指先でセシリアの頬を優しく撫《な》でて、エレインは続ける。

「あなたのお願いごと、ちゃんと叶えてもらっている？」

「……っ」

それは、自分が輿入《こしい》れすることへの報償のことか。エレインは一体何を知っているのか。急に襲ってきた不安に、セシリアの鼓動が高まる。

「さ、さあ、王妃さま。参りましょう。陛下にお会いに来たのでございましょう？」

召使いたちが場を取りなすように言って、エレインを囲んだ。エレインは何が楽しいのかクスクス笑いながら遠ざかっていく。足元も少々覚束《おぼつか》ない。

(こんな言い方は失礼だと思うけど……まるで、お酒にでも酔っているような……)

——気がおかしくなっているような。

セシリアはぎゅっと目を閉じて、頭を振った。

(何て馬鹿なことを考えているの！)

セシリアは気を取り直して、エレインの後ろ姿を見送る。召使いたちはセシリアを振り返ると申し訳なさそうに頭を下げてきた。

何か事情があるのだろう。セシリアに追求することはできなかった。

婚儀も終えたおかげでダリウスも通常通りの職務となっている。おかげでここ最近は二人の時間も取れるようになり、夕食をともにすることができていた。

夜の触れ合いはなくとも、こうして一緒にいる時間をダリウスは大切にしてくれているように感じられる。基本的にダリウスは聞き役だったが、セシリアの他愛もない話を絶対に無視しない。時折ダリウスと好みの違いも出てくるが、それすらも新たな発見に繋がって心浮き立った。

ダリウスが見ていないセシリアの一日の様子を話したりダリウスの執務の様子を聞いたりと、穏《おだ》やかな会話が交わされる。この調子ならエレインのことを聞けるかもしれない。

食事はほとんど終わって、食後のデザートになる。今夜は素材の十分な甘さをたっぷりと味わえるフルーツの盛り合わせだ。

一口サイズにカットされたそれを口にすると、幸せな甘さに頬が綻《ほころ》ぶ。その様子を、ダリウスがじっと見つめていた。

「あなたは本当に甘いものが好きなんだな」

「子供っぽいでしょうか……」

「いや、好みの問題に大人も子供もない」

給仕をしていたアナが、軽く嘆息する。ダリウスの傍に控えていたルイスが直後にアナを刺し殺しそうな鋭い瞳で睨《にら》みつけたあと、セシリアににっこり笑いかけた。

「陛下は姫のそういうところがお可愛らしいと仰《おつしや》っているのですよ。そうですよね、陛下」

ルイスの問いかけに、ダリウスは茶のカップを口に運びながら頷く。

「そういうことだ」

ダリウスの表情がどんな感じなのか確認したかったが、上手い具合にカップが邪魔になってわからない。だがそんなふうに表情をこちらに見せない仕草が照れているように思うのは、セシリアの希望だろうか。

だが、空気は柔らかい。今ならばとセシリアは思いきって言った。

「今日、エレインさまにお会いしました」

「……っ」

ダリウスが、ゆっくりとカップを下ろす。こちらを見つめ返す表情に、変わりはない。だが先ほどの柔らかい空気は消失して、硬質なものに変わっていた。

「母上と、話をしたのか？」

「話をしたというほどでは……二言、三言、言葉を交わさせていただいただけです」

空気の硬質さに、セシリアは慎重に答える。ダリウスを陥《おとしい》れるような発言をされたことは、言わない方がいいだろう。

ただ、これは伝えておいた方がいいかもしれない。

「私がご挨拶に伺《うかが》わなかったことを、寂《さび》しく思われていたようです」

本当はこちらへの文句だったが、正直には伝えない。ダリウスの瞳が、鋭く引きしまった。

「私、エレインさまのことを今日初めて知りました。今日、エレインさまが来られなければ、私は陛下のお母さまがいらっしゃることを知らないままでした。召使いたちもそのことについては何も言わず、まるでエレインさまが存在しないように扱《あつか》っているように感じられました。婚儀のときにもご出席されていませんでしたし……どうしてエレインさまのことを、私には何もお話ししてくださらなかったのですか？」

室内の空気が、息苦しさを感じるほどに張り詰めた。ダリウスは言葉を探すようにしばし沈黙したあと、言った。

「母上は、少し心を病んでいる」

「え……」

そんな感じはしたが本当のこととは思わず、セシリアは返答に詰まってしまう。アナが軽く目を見開くと、ルイスがその腕を掴んで食堂から退室させた。

二人きりになったが次に何を言えばいいのかわからず、セシリアは沈黙する。ダリウスは一口茶を飲むと、低い声で言った。

「母上は俺の実母ではない。俺は妾《めかけ》の子供だ。母上は跡継ぎになり得る男子を生むことができなかった。それを苦にして、心が病んでしまったんだ」

妃が後継者を産むことができなかった場合、妾にその役目が回ることは普通にある。それが、王や貴族の逃れることのできない役割だ。家や血を絶やすことは身分高い者には許されない。

その役目に押し潰されてしまう女性もいることを、セシリアも知っている。

「そうだったのですか……エレインさまは、とてもお心が繊細《せんさい》な方でしたのね……」

セシリアの気遣いに、ダリウスの空気が少し緩む。だがすぐにダリウスは厳しい声音で言った。

「母上のことは気にするな」

「え……？」

冷徹《れいてつ》に突き放す言葉に、セシリアは瞳を瞬《しばたた》かせる。まさかそんな言葉がダリウスから出てくるとは。

これではエレインの忠告が正しいことになってしまう。

「で、ですが、陛下……実母でなくとも陛下のお母さまです。無視するようなことは……」

「無視していて構わない。それがあなたのためだ」

「私のためとはどういうことです？」

「……」

理由を聞こうとしても、ダリウスはそれ以上のことは一切口にしない。話したくないのはわかるが、心の病になった人に対してあまりにも思いやりがなさすぎる。

ダリウスを窘《たしな》めたいのに、彼はセシリアをじっと強く見つめて繰り返すのだ。

「あなたを傷つけたくはない。だから、母上のことは気にするな」

(どういうことなの。どうして私がエレインさまに傷つけられるの？)

金褐色の瞳はセシリアに嘆願しているように思えて――結局、頷けもせず反論もできなかった。

(ああ、どうして。不安だけが高まっていくの……)

婚儀を終えてから一度も抱かれていないこと。一度として聞かされていなかったエレインのこと。彼女が耳打ちしたダリウスへの警告。それらがぐるぐると胸の中で渦巻《うずま》き、ダリウスの気持ちが読み取れない。

気遣ってくれる優しさの中に、自分への想いは何もなかったのだろうか。

(どうしてあなたは、私を抱かないの……？)

そしてこの夜も、ダリウスはセシリアとベッドをともにしても抱くことはなかった。

ダリウスとともに大聖堂への礼拝を終え、王族の神への信仰が薄れてはいないことを大衆に知らしめる公務は無事に終わった。そのあと、大司祭とともに晩餐を過ごして王城に戻る。自室に戻ってそれぞれに入浴を済ませ、ベッドに入る。公務の内容は違えども、ここに来てから変わらない日常だ。セシリアはいつも通りに夜着に着替えると、ダリウスが入っているベッドに向かう。

柔らかな夜着に身を包んだダリウスは、ベッドに入って座っている。ダリウスはこうして一緒にベッドに入ったとき、セシリアよりも先に眠ることはない。

セシリアはゆっくりとベッドに歩み寄ると、ブランケットの中に潜《もぐ》り込む。ダリウスは読んでいた本を閉じると、いつものように擦り寄ってきたセシリアを包み込むように片腕の中に抱きしめようとする。だが今夜のセシリアは、それを柔らかく拒《こば》んだ。

「……セシリア？」

いったいどうしたのかとダリウスが問いかけてくる。セシリアは決意を込めた表情で、ダリウスの方に身を寄せた。

ダリウスの肩に手を当てて、力を加える。抵抗するつもりはまったくないようで、少し力を加えただけでダリウスはシーツの上に仰向けに倒れ込んだ。

セシリアは破裂しそうになる鼓動を感じながら、ダリウスにしなだれかかった。

「……セシリア？　いったいどうし……」

「……ん……」

ダリウスが何か言ってくるよりも早く、セシリアは彼の薄い唇にそっとくちづけた。

自分からくちづけをするなんて初めてのことで、セシリアは真っ赤になって身を竦《すく》めてしまいそうになる。だがそれを必死で堪えて、セシリアはダリウスからされるくちづけを倣《なら》うように唇を開き、舌を潜り込ませた。

「……ん、んん……んっ」

ダリウスの舌が、一瞬自分から動こうとする。セシリアは彼が積極的になるのを待ったが、望む仕草は与えられなかった。

セシリアはダリウスの頭を抱え込むように両腕で抱きしめ、くちづけを深める。羞恥は責任感によって何とか抑えられ、セシリアは自ら舌を絡めてダリウスの舌を舐め回した。

「……ん、ふ……ふっ、う……」

唾液《だえき》の熱さに舌がとろけていくようで、セシリアはぐったりとダリウスの身体にのしかかってしまう。ダリウスが一瞬小さく身震いし、その手が背中を撫で下ろして腰に回ってきた。きゅっと抱きしめてくるのではないかと、セシリアは期待する。だがダリウスは腰に手を回したままで、それ以上は動かない。

(私の身体に……興味はない……？)

王妃としての役目の一つである情事を果たせなければ、ダリウスに手放されてしまうかも

しれない。彼は国王で、世継ぎを必要とする。次代の王を身ごもることができなければ、彼の傍にはいられない。

セシリアは思いきってダリウスの片手を取り、自分の胸に触らせた。薄い布地越しにダリウスの硬い手を感じて、セシリアの鼓動が震える。

この手に、あのとき乳房を思うさま弄《いじ》り回されたのだ。初夜のときのダリウスの様子を思い返せば、自分の身体に興味がないようには思えない。

「……ん……んん、へ、いか……」

ダリウスの手が、少し動く。胸の膨らみを握り込むような仕草が感じられて、セシリアは安心しながら逞しい胸元に乳房を擦りつけた。

夜着の布地に頂《いただき》が擦れ、じん……っ、と痺れるような快感が生まれてくる。それはダリウスに愛されたあの夜の記憶を呼び覚ました。

「あ……陛下……もっと……して、ください……」

ダリウスの身体の上にのしかかるようにしながら、セシリアは身悶《みもだ》えする。だがダリウスは、セシリアの胸に手を押しつけたまま、それ以上は何もしてこない。

(さっき……動こうとしていたのに……っ)

セシリアは切迫した思いで、ダリウスの手をさらに動かす。されるがままになりながらのダリウスの手を、セシリアは自分の下肢《かし》に——蜜壺《みつつぼ》の入口に導こうとした。

「……セシリア……っ」

ダリウスが驚いたように声を上げ、手に力を込める。セシリアはハッと我に返り、急激に羞恥心を蘇《よみがえ》らせて身を強張らせた。

(はしたないと……思われた……!?)

泣きたい気持ちになりながら、セシリアはしかし涙を必死で飲み込む。自分がこうでもしないとダリウスが欲情を抱いてくれないのならば、するだけだ。

「……待ってくれ。どうして急にこんなことをするんだ?」

「わ、たしの……身体に、興味は持てませんか……?」

ダリウスの瞳が、ハッと見開かれる。セシリアは、仰向けになったままのダリウスの上で身を起こした。

ダリウスの腰を両脚で挟み込むようにして座る体勢だ。セシリアはさらにかすかに震える指で、夜着の胸元のリボンを解く。しゅるり、とそれが解けてしまえば、セシリアの胸や腹部、下肢の淡い茂みもダリウスの目の前に晒《さら》された。

ダリウスが、小さく息を呑むのがわかった。金褐色の瞳に、ぎらりと壮絶な光が宿る。

獲物を狙う肉食獣のそれに似ていて、ダリウスの男の欲情が感じられる。ゾクリと背筋に震えるほどの快感が生まれた。

鼓動はドキドキと激しく脈打っている。羞恥が込み上げてくるが、ここまでして引き下がるわけにもいかなかった。

「……お、願いします……陛下。私を……抱、抱いて……ください……」

「……っ」

ダリウスが勢いよく身を起こした。額同士がぶつかってしまうかもと思ってしまうほどの勢いに、セシリアは反射的に身を引こうとする。ダリウスはそのセシリアの肩を摑み、ベッドに押し倒した。

「……あ……っ！」

初めて与えられた荒々《あらあら》しい仕草に、セシリアは大きく目を見開く。ダリウスはセシリアにくちづけを与えようとして——大きく息をつき、止まってしまった。

ここまできてもまだ触れてくれないことに、セシリアは絶望感で瞳を濡らしながら目を伏せる。

「陛下はローズレンフィールドを……私を、どうされたいのですか……」

ダリウスが、小さく息を呑む。セシリアは不安に声を震《ふる》わせてしまいながら、続けた。

「わ、私は……ローズレンフィールドを助けていただく見返りとして、あなたのもとに嫁ぎました。あなたは私を王妃とすることで、伴侶を迎えろという周囲を黙らせることに成功しました。でもあなたは私に触れてくださらない……！　代償を受け取っていないのに、あなたがローズレンフィールドを助けてくれていると確信が持てないんです……！」

不安がついには爆発して、セシリアの声を荒くさせる。これでは八つ当たりと同じだとわかっていても、止まらなかった。

「抱かれないのに私があなたの傍にいる理由がわかりません……！　こ、このままだと私は、世継ぎを生むこともできず、陛下のお傍にいられなくなってしまいます……！」

思わず零《こぼ》れた言葉に、セシリアはハッとする。自分がダリウスの傍にいられなくなることを一番に考えている言葉が当然のように零れたことに、ひどく驚いた。

（私……私、もしかして……）

激情で堪えきれずに溢れてきた涙が、柔らかな頰を滑り落ちていく。ダリウスは驚いたようにに大きく目を見張ってセシリアを見返したあと、濡《ぬ》れた頰を掌で優しく撫でた。

「すまなかった。あなたを不安にさせてしまっていたんだな……」

ダリウスの指も優しく動いて、セシリアの濡れた目元を拭《ぬぐ》ってくれる。その優しさは、かえってセシリアの涙を止まらなくさせた。

「すまない。……ルイスにもよく言われるんだが、俺は、言葉が足りないようだから」

ダリウスは少し気まずそうに言ってくる。セシリアは小さく息を呑んで呼吸を整えると、ダリウスに言った。

「教えてください、陛下。どうして私に触れてくださらないのですか」

「あなたに触れたくないわけではない」

ダリウスが、苦笑する。どこか切なげな苦笑に見えて、セシリアは思わず次の言葉を失った。

ダリウスはセシリアの額に軽くくちづけると、セシリアのはだけた夜着を元通りに直してくれた。

「本当は、あなたを手に入れるだけで満足できると思っていたんだ。だが、あなたの身体だけではなく……心も、欲しくなってしまった。あなたの心も身体も、すべてが、欲しい」

「え……？」

「もう休め。世継ぎのことなど今は心配しなくてもいい。周りがうるさくなってからで充分だ」

言ってダリウスはセシリアの隣に横たわり、目を閉じてしまう。セシリアは慌《あわ》てて身を起こし続きをしようとするが、ダリウスの腕にいつものように抱かれて終わってしまう。ダリウスは、セシリアが世継ぎのことを気にしているとしか思っていないようだ。ダリウスからまだ寝息は聞こえてこないが、瞼が開く気配はなかった。この話はこれで終わりにしたいという意思表示なのだと、わかった。だからセシリアはそれ以上何も言えなくなり、ダリウスの胸に頭を押しつけて目を閉じた。

頭の中では、ダリウスの言葉が回っている。それに合わせて、鼓動が高まっていく。

『あなたの心も身体も、すべてが、欲しい』――その言葉が、回る。

（だって、それは……私のことを、好きになってくださったということじゃ……）

セシリアの頬に、朱《しゅ》が昇る。急に気恥ずかしさがやって来て、セシリアはダリウスの腕の中で身を縮めた。

【5】

（陛下のあのお言葉は、私を想ってくださっているということ……？）

一度そのことを考えてしまうと、常に心の中にその問いがこびりついてしまう。今朝もダリウスとはいつも通りのやり取りをして過ごしたが、どうにもギクシャクした感じは否《いな》めない。

ダリウスは相変わらずだったが、セシリアの方が交わす会話に緊張した返事をしてしまって、アナにも不思議がられたほどだ。自分でもいつも通りにしなければと思うのだが、どうにも上手くいかなかった。

ダリウスはそんなセシリアを責めるわけでもなく、変わらずに優しくしてくれる。セシリアの会話のぎこちなさを他の召使いたちに不審がられないように助けてくれたほどだ。自分でも情けないと思う。

（だって、こんなこと予想外で……どうしたらいいのかわからないわ……！）

ダリウスが求めているものは、自分の心と身体。これでは契約など関係なく求愛されていたということではないか。自分とダリウスはあのパーティで初めて会ったというのに？

いやそれよりも、自分はダリウスに何を言えばいいのだろう。ダリウスに抱く想いは、祖国を救ってくれた感謝と同じ王族としての尊敬と――だがこの気持ちは、ダリウスが求めているものとは少し違う気がする。

(わからないわ。だって私、恋をするのは初めてで……)

『恋』という言葉に、セシリアの鼓動がますます跳ね上がる。おかげで飲もうとした紅茶のカップの縁に指が当たってしまい、食器が大きな音を立てた。

控えていた召使いがその音に驚いて、慌てて走り寄ってくる。

「セシリアさま！　お怪我を!?」

「い、いいえ、大丈夫です。ごめんなさい、無作法でしたね」

読みかけの本も、この調子ではまったく頭の中に入ってこない。セシリアは一度本を閉じると気を取り直して、ひとまず茶の時間を楽しんでいるふりをしようとした。その頃合いを見計らったかのように、扉がノックされる。

召使いが開けた扉から姿を見せたのは、ダリウスだった。セシリアの鼓動がまた一つ大きく音を立て、どう対応したらいいのか慌ててしまう。

「こ、これは陛下……！　お、お仕事はもう終わられたのですか？　でしたらご一緒にお茶を……」

「いや、支度があるから大丈夫だ」

支度とは何のことだろう。午後の公務で支度がわざわざ必要なものなど、セシリアは聞かされていない。

「急ですまないが、ファニアールに行ってくる」

それは、アルドリッジの辺境地だ。セシリアは頭の中にアルドリッジの地図を広げて、ファニアールの位置を確認する。

アルドリッジの穀倉《こくそう》地区で小麦が育っている地区だ。ダリウスが行くとなると視察になるが、国王がこんなふうに急に行くとことなど滅多《めった》にない。何かあったのだろうか。

「ファニアールまでは片道三日ほどだ。視察も含めると、十日ほど留守にする」

「十日……」

こんなぎくしゃくした心境のまま十日も離れてしまって大丈夫だろうか。

セシリアはきゅっと唇を強く引き結んだあと、決意を込めて言った。

「あ、あの、陛下！　私もご一緒させてはいただけませんか？」

ダリウスが、ひどく驚いた顔をする。無論それはセシリアだけにわかる表情の変化だったが。

「……いや、俺とルイスで行くつもりだ」

「私はまだこの王城の周囲しか知りません。もっとこの国のことを知らなければならないと思います」

「あなたの勤勉さは誉《ほ》めるべきところかもしれないが……今回無理しなくとも」

「陛下と同じものを見ずに何が王妃なのでしょうか。私は陛下に甘やかされるだけで終わってしまうのでしょうか」

「……」

ダリウスが思わず上体を引いてしまいそうになるほどの、必死さだ。自分でもどうしてこんなに必死になるのか、上手く説明できない。それでもこの何とも言えない空気を二人の間に漂《ただよ》わせたままで十日も離れては、帰ってきたダリウスに対する自分の態度がますます強張ってしまうような気がする。

(それに……なぜかしら。陛下と十日も離れるなんて、なんだか嫌で……)

「お願いします、陛下。私もご一緒させてください……!」

最後は胸の前で両手を祈りのかたちにしながら頼み込むようになってしまっている。セシリアの必死の様子に召使いたちも同調するかのように、両手を組み合わせてダリウスを見返した。皆にこう嘆願《たんがん》されると、ダリウスとしてもこれ以上強く反対はできなくなってしまったらしい。

ダリウスは観念したように大きくため息をついた。

「……わかった。同行を許そう」

「ありがとうございます……!」

ダリウスの言葉に、セシリアは思わず安堵《あんど》と歓喜の笑みを浮かべる。召使いたちがそんなセシリアに、喜びの声を上げた。

「よかったですね、セシリアさま！　そんなに陛下と離れたくないなんて、いじらしいですわ！」

「すぐにセシリアさまのお支度も整えますわ！　明日には出発できるようにお任せくださいませ！」

召使いたちはすぐさま仕事に取りかかってくれる。彼女たちの見事な仕事っぷりに感謝しつつも、セシリアの心情は複雑だ。

（だって今の陛下と私は……あなたたちが思っているような関係じゃないのよ……）


優秀な召使いたちのおかげで支度はすぐに整い、翌日には王城を発つことができた。

急を要する視察のため、仰々《ぎょうぎょう》しい一行ではない。セシリアも動きやすさを重視したシンプルなドレスに身を包み、荷物も必要最低限にしていた。

ファニアールに到着する間に、セシリアはダリウスから今回の急な視察についての理由を教えてもらう。

視察に行くのはファニアールを治める領主からの手紙に、穀物の一部に不思議な異常が見られているとしたためられていたからだった。穀物の一角、それもごく限られた一部分だけに変色が見られるという。すぐに何かの害かと調べているが原因は未だわからない。だが、それ以上被害は広がっていないともいう。

何とも奇妙な異常だ。セシリアも話を聞いて眉根を寄せてしまう。

「被害が広がっていないことは何よりですけど……原因がわからないならば農民たちの不安も高まってしまいますね」

残念ながらセシリアには作物の病気や被害に関する知識はさほど多くない。ダリウスの力になりたくとも、ここでは何も言えなかった。

「その通りだ。だから俺が出ることにした」

「陛下はどうやって農民たちの不安を拭い取って差し上げるおつもりなのですか？」

「俺が直接それを見て小麦を診断する」

……あまりにも予想外のことを言われて、セシリアは啞然《あぜん》としてしまう。それは植物医の仕事ではないか。

「俺は王城付きの植物医から授業を受けてる。よほどのものでなければ診断できるんだ」

そんな知識まで手に入れているのか。セシリアは驚きに見開いた瞳を、ゆっくりと微笑に変えた。

「とてもご立派です」

「王としては当たり前だ。これでも足りん」

ダリウスの知識欲はアルドリッジのためにどこまで貪欲《どんよく》なのだろう。そこに王の責務に対する真摯なものを感じ取る。自分も、ダリウスのように国のために様々な知識を吸収していかなければ。

「それに今回の件で、あぶり出しができるかもしれないからな」

「……あぶり出し？　何のですか？」

ダリウスの言葉がどこに向けられてのものなのかがわからず、セシリアは軽く小首を傾《かし》げて問い返してしまう。ダリウスはそんなセシリアを見返すと、安心させるように微笑んだ。

「大丈夫だ。あなたが心配することは何もない」

馬車がファニアールに入ると、景色が一気に変わった。窓から外を見ていたセシリアは、危うく子供のように歓声を上げてしまいそうになる。

今は実りの秋には遠く、作物が育つ時期だ。青々とした小麦の絨毯《じゅうたん》が地平線彼方まで広がっている。広大な土地を持つがゆえの、豊かな田園風景だ。自国では見ることのできない景色に、セシリアは言葉を失う。

「凄《すご》い……」

セシリアの感嘆の呟きを耳に留めたダリウスが、何を思ったのか馬車を止めさせた。馬車はもうどこを見ても小麦しか見えない道に入っていた。

ダリウスがセシリアの手を引いて、馬車を降りた。狭い窓から見える景色とはまた違って、今度は視界いっぱいに小麦畑を見ることができる。

風が吹くと成長途中の稲穂が揺れて、互いに触れ合う優しい音を立てた。風の動きに合わせて動くため、稲穂が波のようにも見える。

何とも言えない感動が、セシリアの胸を衝《つ》いた。言葉もなく広大な景色に見入るセシリアの隣でダリウスが言う。

「素晴らしい景色だ」

「は、はい……」

もっと気の利いた感想を返したかったが、セシリアは頷くことしかできない。

「この景色は、俺一人では作れない。この地で働く農民たちが汗を流し、それぞれが協力し合って作る。ここで作られた小麦はまた別の者たちの手によって製粉され、また別の者たちによってパンになり、俺の口に入るんだ」

「はい」

セシリアでもその流れは知っている。だがこうして実際に広大な小麦畑を見ると、作ってくれる農民たちへの敬意が改めてやって来た。

「俺たちは彼ら無くしては生きていけない。だから、彼らが安心して暮らせる国を作る」

それ以外はないと断定するかのようなダリウスの横顔は、若さなど関係なく間違いなく王としてのものだった。凛々《りり》しく精悍《せいかん》なその横顔に、セシリアの鼓動がとくん……っ、と、脈打つ。

(これが、恋というものかしら)

「民が安心して暮らせる国というと……例えばどんな国にされたいのですか?」

もっとダリウスの考えが知りたくて、セシリアは問いかける。ダリウスはわずかに考え込んだあと、答えた。

「そうだな。飢《う》えることのない国か」

王が口にするものとはなかなか思えない具体例だ。セシリアが瞳を瞬かせると、ダリウスは苦笑する。

「貧困街ではどれだけ皆で協力し合っても、一日一食しか食べられないときも普通にある。むしろ、それでもまだいい方だという者もいる。中には何日も食べられない者もいる……らしい」

「そう……なんですか」

ダリウスはまるで体験したかのように話してくる。ダリウスは自分の目ですべてを確認する質《たち》だから、もしかしたら自ら貧困街に足を運んで民たちの様子を見てきたのかもしれない。

（だから、お言葉に深みを感じるのかも……）

対してセシリアは何と返せばいいのかわからず、ただ頷くことしかできなかった。

ダリウスはただ玉座に座って机上で執務をしているだけではない。民のために自ら進んで動くことができる人だ。彼が治める国の民たちは、きっと安心感も他国よりも強いだろう。優しくて強い王だ。

（私……この人の傍にずっと……いたい。ああ、何かしら、この胸の熱さは）

セシリアの胸に熱い想いが湧いてくる。ダリウスの傍にいて、彼と同じものを見て、彼とこうやっていろいろな話をしたい。そして夜は互いのぬくもりを感じ合うように触れ合って過ごしたい。

（これが……恋……？）

風が一瞬強く吹いて、セシリアの髪を乱す。ダリウスがセシリアの肩を抱き、風に冷えないように馬車の中に戻ろうとした。

「陛下」

セシリアはダリウスの隣に並びながら呼びかける。ダリウスがこちらに目を向けるのを、セシリアは笑顔で受け止めた。

「さきほど陛下にどのような国をお作りになりたいかとお尋《たず》ねしましたけど……私は、子供たちが笑って過ごせる国を作りたいです」

「……そうか。それは、いい」

ダリウスがとても嬉しそうに染み入るような声で言う。

「子供たちだけではなく、あなたが笑って過ごせる国もいい」

「え……？」

ダリウスの告白にも似た言葉に、セシリアの鼓動が大きく跳ねる。もう一度ダリウスの言葉を確認しようとしたが、肩を抱かれて馬車に促《うなが》されてしまった。

馬車に揺られながら、セシリアは向かいに座るダリウスの顔を盗み見る。セシリアの視線に気づいたのか、ダリウスがこちらを見返してきた。金褐色の瞳と目が合うと、何だかいつも以上に鼓動が跳ね上がって気恥ずかしくなる。それに、頬も少し熱い。

（いやだわ……私、どうしたの……）

「陛下……！　わざわざのご足労を申し訳ございません……!!」

この地を任せられているグラハム伯は、ダリウスの来訪を深い礼とともに迎えた。セシリアが同行したことには驚きもあったが、こんな辺境にまで王妃も気を配ってくれることが嬉しいと、ひどく喜んでくれた。

とはいっても、視察の理由はアルドリッジの食料庫となる地の調査だ。挨拶もそこそこに、ダリウスはグラハム伯と採取してきた小麦を間に挟《はさ》んで話し合ってしまう。

自分にも何かできることはないかと思うものの、植物医になれるほどの小麦の知識はない。ならばせめてグラハム邸の召使いたちに余計な面倒をかけないようにしなければと、セシリアは自分でできることはなるべく自分でした。

そろそろ晩餐の時間ではないかと思った頃、ダリウスとルイス、そしてグラハムがなぜか庶民の格好になって外へ出ていこうとしていた。偶然玄関ホール近くを通ったセシリアは、二人のその姿に驚いてしまう。

格好もそうだが、晩餐の時間ももうすぐなのに出かけてしまうのも気になる。

「へ、陛下！　今からお出掛けですか!?」

「ああ。町の様子を視察ついでに食事も済ませてくる。遅くならないうちに帰るが、先に眠っていて構わない」

「町に……？」

セシリアが迷ったのは、わずかの時だ。ダリウスが見るものを自分も見たいと、思わず駆け寄りながら言っている。

「わ、私も……ご一緒させて下さい！」

ダリウスが、ひどく驚いて目を見開く。それはグラハムも同じだったが、彼はすぐに宥《なだ》めるように続けた。

「セシリアさまが耐えられるような場所ではないかと……」

「でも、陛下は行かれるのですよね？　私も陛下と一緒にいたいです」

「そ、それは……」

グラハムとルイスが、困ったように顔を見合わせた。何をそんなに戸惑っているのだろうかとセシリアは小首を傾げたあと、自分が言ったことに気づいて慌てた。……これではダリウスと一時も離れていたくないと言っているようではないか！

（わ、私が一緒にいたいと言ったのは、陛下と同じものを見たいということで……!!）

だがそれを続けるのは、言い訳がましい。ダリウスと一緒に行きたいのは間違いないのだからと、セシリアは腹をくくってダリウスを見返した。

「陛下と、一緒にいさせてください」

ダリウスが、口元を押さえて横を向く。嫌がられるのかと思ったが、ダリウスはセシリアを見ないようにしながら言った。

「……わかった、あなたも一緒に連れていこう。だが、その格好では駄目だ。誰か召使いの私服を着てきてくれ」

「ありがとうございます！　すぐに着替えてきます！」

ダリウスたちを待たせないよう、セシリアは大急ぎで背を向けて小走りになる。

「……可愛すぎる……」

「へ、陛下、大丈夫でございますか」

「いやもうお二人の仲がよろしくてねぇ……グラハム伯、すみません」

その背中にダリウスたちの声が届いたが、小さすぎて何を言っているのかまではわからなかった。


（こ、これは……す、ごいわ……っ）

初めて経験する酒場というものに、セシリアは圧倒されて身動きができない。

ダリウスたちが向かったのは、ファニアールの町にある酒場だった。セシリアのような者ならば絶対に足を踏み入れる場所ではない。働き終えた男たちがほとんどで、仕事の疲れを癒《いや》すように酒を酌《く》み交《か》わし、食事を豪快に口に運んでいる。店で働く女たちは元気よく給仕をし、時には男たちと賑《にぎ》やかな会話をしたりもして、とにかく店内は賑やかだった。

人が生み出す音がこんなに大きいものなのかと、セシリアは茫然《ぼうぜん》としてしまう。だがダリウスたちは怯《ひる》む様子も見せず――それどころかこの場所に違和感というものがまったくない。

グラハムが酒を頼み、ルイスとダリウスは注文を取りに来た女からおすすめ料理などを聞いたりして食事の注文をした。しばらくすればセシリアの前に大皿に盛られた肉料理や野菜料理などが用意される。

客はグラハムに気づくと気さくに挨拶をしてくる。グラハムが民たちに慕われている領主だということは、明らかだ。さすがにアルドリッジ国王がここにいるとは想像してもいなかったらしく、ダリウスのことはグラハムの知り合いだとしか思っていないようだ。以前にダリウスがこの地を視察しているが、彼らにとってはあまりにも遠い人なのだろう。

大皿に盛られた料理をどうしたらいいのかわからず、セシリアは視線を彷徨《さまよ》わせる。だが、食べてみたい気持ちから喉を鳴らしてしまう。香ばしく脂《あぶら》の乗ったそれは、本能的に美味だと教えているのだ。

(で、でもどうやって食べるの……)

するとダリウスが手を伸ばし、一緒の皿に載っていたナイフで切り分けてくれる。自分の取り皿に乗った一切れを見下ろして、セシリアはますます戸惑ってダリウスを見返した。

「手でちぎって食べるんだ」

「え……手、手ですか!?」

「そしてちぎったものをこのパンに乗せて食べる。パンは固いが嚙めば嚙むほど上手い」

ダリウスがやり方を見せながら言う。セシリアは少し躊躇《ためら》ったあと、思いきって皿に手を伸ばし、同じように食べてみた。

かぷりと噛みつくが、口の中に肉まで入らない。ダリウスが小さく笑いながらさらに言う。

「もっと口を開いて食べるんだ。こういうところでは皆、大口を開けて食べる」

下層の民たちは、そうやって食べるのだろう。セシリアは恥ずかしさを飲み込み、生まれて初めての大きな口を開けて、かぷりついた。

「……んん……っ」

肉は予想以上に香ばしく外はカリッと中は肉汁たっぷりに焼けていて美味しい。その肉汁がパンに染みて、固いのだが噛むほどに味わいが深くなってこれも美味しかった。セシリアは思わず顔を輝かせる。

「……美味しいです……！」

「そうか、よかった。なら、これも食べてみるといい」

ダリウスが次の皿の料理をセシリアの取り皿に分けてくれ、食べ方を教えてくれる。セシリアにとってはこの場で経験することはすべて初めてのことで、興味津々《きょうみしんしん》だ。元々ダリウスの隣に座ってはいたが、自然とその距離も縮まっていく。

ルイスがグラハムに何かを囁《ささや》きかけ、二人揃って席を立った。ダリウスがそれに気づいて視線を向けると、ルイスが笑って言う。

「グラハム伯の知り合いがいたらしいんで、そちらにちょっと挨拶をしてきます」

知り合いとは誰だろうと気になったものの、ダリウスが新たな料理を取り分けてくれたため、追及の気持ちはなくなってしまった。それに、ダリウスは上手く食べられないと親鳥が雛《ひな》に餌《えさ》を与えるように食べさせてくれる。

いつも以上に優しくされて、胸がドキドキしてしまう。それでも離れがたくて、寄り添ってしまう。

「あとこの肉は、この野菜の葉で巻いて食べるのも上手い」

「こうやって……こう……ですか？」

教えられるままに葉を巻いて食べると、また新たな美味しさを感じられた。セシリアが微笑むと、ダリウスがふと指を伸ばしてくる。

ダリウスの親指がセシリアの口端を優しく拭い取り、そこに移った肉汁を舐《な》めた。その仕草に、なぜだかひどくドキリとする。

「あなたが知るテーブルマナーからはほど遠いが、これはこれで美味いだろう？」

「……は、はい……美味しい、です」

セシリアの言葉に、ダリウスは嬉しそうに笑った。このときばかりはダリウスの表情が、いつもより豊かに見える。城にいるよりも酒場にいる方が生き生きしているように見えた。

(そんなこと、あるわけないわ。陛下はアルドリッジの王族なのに)

失礼なことを思ってしまったと、セシリアは俯《うつむ》く。ダリウスがすぐにセシリアの落ち込んだ表情に気づく。

「どうした。それは口に合わなかったか？」

「い、いいえ、そんな……！　とても美味しいです」

「では、どうしてそんな顔をする?」

セシリアはしばし迷ったあと、思いきって言ってみることにした。

「へ、陛下が……お城にいるよりも生き生きとされているように見えたので……すみません、失礼なことを思ってしまって……」

「……ああ……」

ダリウスが、苦笑しながら小さく頷く。ワインの入った木作りのジョッキを手にすると、中身を口にした。

何か、言いにくいことでも聞いてしまったのだろうか。セシリアは慌てて場を取り繕《つくろ》うとする。

ダリウスはジョッキをテーブルの上に置くと、ふっと一つ息をついてから言った。

「俺の本当の母は、没落《ぼつらく》貴族の娘だ。こちらの方が王になる前の俺の生活に近いんだ」

セシリアはダリウスの横顔をじっと見つめる。ダリウスはテーブルの木目をじっと見ていて、こちらには目を向けない。

「母の家は貴族としての名があるだけで、財産などない。母も他家の子女に家庭教師をして働いていた。貴族としては貧《まず》しかったが、普通の家庭としては食べていけるだけの生活だったと聞いている」

王族として——しかもいずれは女王になる者として生活してきたセシリアには、想像しかできない。貴族としてではなく一般家庭としては穏やかだったのだろう。

「没落しているとはいえ、母も貴族だ。母の家は優しく気遣いをしてくれる友人たちに恵まれていたから、その人たちのおかげで社交界デビューができた。一度きりの煌《きら》びやかなパーティーだと母は思っていたらしいが、そこでお忍びで参加していた父に出逢った」

女としての気持ちからすれば、運命的でドラマチックな出会いだ。だが、その恋が実るには障害がありすぎる。

「父の方が母に一目惚れだったらしい。母の方も好意は抱いていたが、父の身分を思えば結ばれる相手ではないと……」

「とても……分別《ふんべつ》のある御方です」

ダリウスの実母のそのときの気持ちを考えると、悲しい。セシリアは瞳を伏せる。互いに想い合っていても結ばれない恋もあるのだ。

ダリウスが同意するように、小さく頷いた。

「父は母を諦《あきら》められず、想いを伝え続けて二人は結ばれた。だが母を王妃にすることはできない。母は日陰者として父の傍にいることを決意した。父はエレイン王妃を迎え入れたが、形式上だけの夫婦にしかなれなかった。そして母を愛し続ける父の間に、ついに俺が生まれてしまった」

王の血をひく男子。状況からしてエレインと前国王の間には子は生まれなかったのだろう。

「エレイン王妃は俺が生まれてすぐ、俺を殺そうとした」

「……っ！」

あまりにも想像を上回る事実に、セシリアは絶句する。どんな慰《なぐさ》めの言葉をかければいいのかわからない。

「母はエレイン王妃が俺を殺そうとするのを知って父と相談し、城から出た。そのときにまだ少年だったルイスと数人の部下を護衛につけてくれたらしい」

なるほど、ルイスとのつき合いが長いのは、そのせいだったのか。

「では、お父さまはその後も陛下のお力になってくださったのですね」

「いや、それは母が断ったらしい。当時のエレイン王妃はまだ充分に子供を生める年齢だった。俺たちがいなくなればひとまずの満足をしてくれるだろうとは思ったが、俺たちの逃亡に父が手を貸しているとなるとまた新たな怒りを抱く可能性が高いからな。だから母は、それ以降の援助を断ったらしい。」

「そんな……」

それでは随分と、苦労したのではないか。

「俺がアルドリッジから一番初めに逃げ込んだのは、母の祖父母を頼ったローズレンフィールドだった。だがその家はもうなく、母と俺はしばらくローズレンフィールドの下町で暮らしていた」

「陛下がローズレンフィールドの下町に……!?」

未来のアルドリッジ国王がそんなところにいたとは、確かに公にはしにくいことだろう。

ダリウスの幼少時のことが公にされていないのも、それがあってか。

だが少し、不思議な感じもする。幼い頃、場所を違えていても自分とダリウスは同じ国にいたのだ。

「母は心労と苦労で早逝《そうせい》してしまったが……俺は周囲には恵まれていた。逃げ込んだ先はいわゆる貧困街だったが、そこで知り合った者たちは皆逞《たくま》しく、朗《ほが》らかで、生きることに自信を持つ者たちばかりだった。貧しいからこそ他人と協力し合い、他人を愛《いと》おしむことを惜しまない。俺は母が亡くなったあとも彼らの手によって育てられた」

(ああ……そうだったんだ。陛下が王族としての怠慢《たいまん》と驕《おご》りを絶対に見せないのは、幼い頃の生活のためだったんだわ)

「そこにたぶん、あなたの母君だろう……王族の慰問があって、あなたが貧しい子供たちに炊き出しを配っていたんだ。その子供たちの中に、俺がいた」

そんな接点が自分たちにあったとは。セシリアは驚いて次の言葉をなくしてしまう。

ダリウスはセシリアを見返して、淡く微笑んだ。その微笑にも、鼓動が高まる。

店内は、相変わらず騒がしい。だがダリウスとこれまで以上に近く接しているためか、騒々《そうぞう》しさも遠く感じられる。

ダリウスの低く響きのいい声が、セシリアの耳にはっきりと届いた。

「あなたは自分にできる精一杯のことをしようとして、分け隔《へだ》てなく俺たちに接してくれた。それが偽善的なものかそうでないかは、子供だからこそよくわかる」

セシリアの中では思い出にすら残っていない過去のできごとだ。だが自分のしたことが、ダリウスの幼い心に暖かさを与えていたことがわかって、嬉しくなる。

「そうだったんですか……私のしていたことは、そのときの陛下たちのような子供たちに少しは役に立っていたのですね」

「そうだな。あなたの慰問を心待ちにしている子供もいたようだ。俺も、その一人だった。またあなたに会えないかと、思っていた」

(それは、どうして?)

言葉にせずに、セシリアは瞳で問いかける。ダリウスを真似たわけではなかったが、答えにある期待感があったためかじっと強く見つめてしまっていた。

途端《とたん》にダリウスの目元がうっすらと赤くなる。ダリウスはセシリアを見ないようにしながらひどく言いにくそうに続けた。

「つまり、幼心にあなたを……その……好きに、なったんだ」

(それは、陛下が私のことを昔から)

「ローズレンフィールドで少年時代を過ごしたあと、俺はルイスとともにアルドリッジに戻った。もし、エレイン王妃が父にも何かしようとするのならば助けてやって欲しいと……母の遺言だったんだ。まさか命を狙っている相手の国に戻ってくるとは彼女も思っていなかったようでな……今度はアルドリッジの貧民街で生活した。皆、いい者ばかりだった。だが彼女に跡継ぎは生まれず、父は病に倒れ、俺が呼び戻されて王となった。だが古い貴族たちの腐敗と傲慢《ごうまん》はうんざりするもので、彼らは俺を下町で育ったがゆえに王子としての資質がないと蔑《さげす》んでいる」

「そんなことありません！　陛下はご立派です。アルドリッジが前王亡きあとも大国であり続けることができているのは、陛下のご尽力のたまものです。少なくとも、育ちは関係ありませんわ！」

セシリアは、思わず勢い込み、熱弁してしまう。

ダリウスが小さく笑ったような気がした。とくん、と、鼓動が小さく音を立てる。

（……私……）

「そう言ってもらえると……その……嬉しい」

ダリウスが、無愛想な声のままでもどこか照れくさげに言った。

ダリウスの素直な喜びの言葉を聞くのは、初めてだ。じんわりと胸に染み渡るような喜びがやってくると同時に、とても気恥ずかしくもなる。セシリアは自分でもどうしようもなく真っ赤になってしまい、俯いた。

「あなたがそんなふうに俺のことで心を痛めるかもしれないと思ったから、話すことができなかった。黙っていてすまない」

「……い、いいえ……お話の内容がとてもお辛いことです。まだ私のような者には簡単にお話しになれるものではありませんもの」

（だから私がアルドリッジに来たとき、古参貴族と思わしき者たちが陛下の悪口を言っていたのね……）

だがそれ以来、その悪口は届いていない。セシリアの暮らす棟はダリウスの居住区で、彼が信頼している者たちばかりがいるからだろう。そして彼らからは、ダリウスに対する感謝と敬愛の気持ちだけを感じ取れている。

そして恐らくはダリウスを育ててくれた貧困街の者たちも、彼を自らを導いてくれる王として、信頼しているのだろう。彼がこれまでに行ってきた施策を思えば、何よりも民のために動いていることは、明らかなのだ。

(陛下の黒い噂……これも、古参貴族が自分たちに都合がいいように作り上げたものなのかもしれないわ)

「だが辛いだけではない。俺には頼りになる味方もいる。ルイスや若手貴族や、話のわかる古参貴族も少しはいる。それだけでも充分に恵まれているだろう」

自分の境遇を嘆《なげ》くことなく、自分に与えられているものに感謝し、できることに力を尽くす。とても強い心だ。もし自分がダリウスと同じ境遇だったら、己の不幸さに嘆くだけで終わってしまってたかもしれない。

「陛下はお一人ではなく、支えてくださるお仲間がたくさんいらっしゃるのですね」

「ああ。その中に、あなたがいる。あなたが妃として、俺を支えてくれるのだろう？」

「陛下……」

「正妃に跡継ぎが生まれれば俺は王族に加わることはなかったと思っていたし、王族に戻れたとしてもあなたとの婚姻《こんいん》を結べるとも限らなかった。あなたには不本意な婚姻だとは思うが、この婚姻は俺にとっては最高の婚姻だった。俺は幼い頃から思い続けていた相手を妃に迎えることができたんだ」

(ずっと昔から、私のことを)

「……っ」

かあぁっ、と、恥ずかしいほどに顔が真っ赤になってしまう。

これは不意打ちだ。契約だとばかり思っていたのに、そこにダリウスの愛情が込められていたなんて。セシリアは照れ隠しに慌てて言う。

「で、でも私も成長しましたし、陛下を幻滅させてしまったところもあったかと……！」

「幻滅？　それはない」

ひどくキッパリと、ダリウスは言いきる。

「あなたは変わらない。いや、それ以上の女性になった。あなたの肖像画を見たときは、幼い頃の面影を残しながらも美しく成長していて、本当に……息《の》を呑むほどに見入ってしまったほどだ。実物はそれ以上だったから、あのとき、思わずくちづけてしまって……初めてなのにすまなかった……」

ダリウスが口元を覆ってセシリアから目を逸《そ》らしながら続ける。

あの月の下での初対面のくちづけを思い出し、先ほど以上に恥ずかしくなる。セシリアは真っ赤になりながら、俯いた。

あのときのくちづけが求めるように深く激しかった理由が、よくわかった。だとしたら、義務や責任ばかりを重視した自分の発言や行動は、ダリウスの心に痛みを与えていたのではないか。

「わ、私、何も気づいていなくて……っ」

今更ながらに慌てて謝罪しようとする。だがダリウスは、さほど気にしていないらしい。

「いや、俺が勝手に想っていただけのことだ。ここであなたが俺に謝ることは何もない。俺が少し欲張りになっただけの話だ」

無欲な言葉にセシリアはますます何を言えばいいのかわからない。こちらを気遣ってくれるのはとても嬉しいが、これではダリウスが自分に想いを与えるばかりで不公平だ。

（だって、私も……私も？）

不意に口を突いて出ようとした言葉に、セシリアはさらに顔を赤くする。無意識のうちに唇を動かそうとした想いが自分が抱いている一番素直な気持ちなのだと、気づいたからだ。

（私……陛下のことが好きになって……）

ふと、ダリウスが顔を上げた。

「ああ……グラハムとルイスが戻ってくるな」

言われてそちらに目を向ければ、頃合いを見計らったらしい二人が戻ってくる。急に周囲のざわめきが、はっきりと耳に入ってきた。

酒場から屋敷に戻り、アナの手を借りて入浴を終えたあと、セシリアは夜着に着替えてベッドに入る。寝室がダリウスと二人で一つであることに今更気づいて、赤くなった。

(陛下は、今夜も私には何もしないで眠られるのかしら……)

『身体だけ手に入っても仕方がない』——そう言ってきたダリウスの言葉を思い出すと、胸が熱くなる。自分の心もダリウスはもう手に入れていることになるのだが、それを伝えるにはどう言えばいいのだろう。

あれこれと考えてみるものの、良案は出てこない。アナに相談してみようかとベッドを降りようとすると、入浴を終えて同じように夜着に着替えたダリウスが入ってきた。

「お、お帰りなさいませっ」

変に声が裏返ってしまい、セシリアは慌てる。ダリウスは少し訝《いぶか》しげな顔をしたものの特には問いかけず、セシリアの隣に入った。

「明日は朝食をとったらすぐに出掛ける」

「私も同行させていただけないでしょうか。私も、自分の目で見て確かめたいです」

「ああ、好きにしていい。もし何か気づいたことがあったら、遠慮なく言ってくれ」

蔑《ないがし》ろにするつもりがないことを教えられて、嬉しい。ダリウスはセシリアが風邪をひいたりしないように、ブランケットを引き上げてくれた。

セシリアはその手をそっと摑む。

「どうした?」

セシリアの手を振り解くことなく、ダリウスが優しく尋ねてきた。どんなに考えてもセシリアは結局これしか言えない。

「わ、私を……抱いて、ください……」

前回とは違って義務と責任からではないからか、セシリアは耳まで真っ赤になってしまう。

ダリウスはそんなセシリアを見下ろすと、少し寂しそうに微笑んだ。

「無理をしなくていい。あなたの身体ばかり手に入れることは俺にとっては、虚《むな》しいだけな……」

「ぜ、全部が、陛下のものです！」

ダリウスが目を見張る。あの強い視線で穴が空くほどに見つめられて、セシリアはシーツの中に顔を隠したくなってしまった。

ダリウスは不器用ながらも自分に想いを伝えてくれた。ならば自分も、きちんと伝えなければ。

恥ずかしさで瞳まで潤《うる》ませてしまいながら、セシリアは顔を上げる。

「私の心も身体も……陛下のものです」

「……」

ダリウスは、何も言わない。金褐色の瞳が軽く見開かれ、じっとセシリアを見つめている。

感情が一切読み取れず、てっきりダリウスから何か嬉しげな言葉でも返されるのかと思っていたセシリアは、内心で焦ってしまう。もしかして、自分の告白はダリウスにわかっててもらえなかったのだろうか。

「あ、あの……わ、私……へ、陛下のことが好き、です……!」

顔から火が噴き出してしまいそうなほど恥ずかしかったが、セシリアは一生懸命に続ける。

「へ、陛下のことは最初、国王としてとても尊敬して……陛下に相応しい王妃になりたいと思いました。陛下のお傍で同じものを見て、同じものを感じて、民のために精いっぱい頑張りたいって……で、でも、それだけではなくて、陛下のお傍にいたくて……もっとずっと一緒にいたくなってしまって……」

最後には自分でも何を言っているのかわからなくなってくる。これだけ言い募《つの》ってもダリウスからの返答はなく、セシリアはひどく不安になってしまった。

(ど、どうして何も言ってくださらないの……?)

直後、突然強く抱きしめられた。

固い胸に顔をぶつけてしまいそうなほどの勢いだ。いつにない荒っぽさに驚いて顔を上げると、ダリウスの唇が押しつけられる。

「あ……ん、んん……っ」

セシリアがくちづけに応えて唇を開こうとする前に、ダリウスが舌を捻《ね》じ込んできた。そのまま口中を舐《な》め回すように舌を蠢《うごめ》かせ、セシリアの舌に絡みついてくる。

唾液が混じって溢れそうになり、セシリアは思わず喉を鳴らした。ダリウスもセシリアの甘味を味わうかのように、熱い滴《したた》りを啜《すす》る。

「ん……んん、ん……っ」

激しく深いくちづけにはまだ慣れていないセシリアが、舌を舐め合わせるように搦《から》め捕《と》られてしまえばあっという間に呼吸困難になるのは当然だ。ダリウスはいつもそれに気づいてこちらを気遣ってくれたのに、今はその様子がまったく感じられない。

「あ……んん……うん……っ」

空気を求めて口を開けば、それすら許さないとでも言うように、舌がさらに奥深くまで入り込んでくる。身を捩っても解放の気配はなく、むしろますます強く抱きしめられるだけだった。

このままでは窒息してしまいそうで、セシリアはダリウスの腕を強く掴んだ。

「……は……んんっ、陛下……へ、いか……っ」

ダリウスが、ようやくセシリアの唇を解放してくれる。睫毛《まつげ》が触れ合いそうなほどの間近にある金褐色の瞳にはセシリアを求める熱情が滾《たぎ》っていて、思わず息を詰めてしまう。

「……すまない。あなたがそんなことを言ってくれるとは思わなくて……頭が真っ白になった……。俺に、気を遣っているのではないのか」

ダリウスの指がセシリアの唇に触れ、ふにふにと感触を確かめるように押し揉《も》んでくる。くちづけで濡れて赤く熟《う》れたそこを指がゆっくりと押し開き、口の中に入った。

唇の裏側を指の腹で撫《な》でられて、ぞくりとする。セシリアはくちづけで潤んだ瞳を向け、答えた。

「私の、本心です。私の心も身体も……すべて、陛下のものです。ですから、今夜は……」

セシリアは恥ずかしさを隠すためにダリウスの身体にしがみつくように抱きつき、耳元で小さく囁く。これならば、声が小さくともダリウスにちゃんと声が届くだろう。

「……抱いて……ください……」

腕の中で、ダリウスがぶるりと小さく身震《みぶる》いした。直後にダリウスがセシリアの身体を抱きしめながら、身を起こす。

ベッドの上に座ったダリウスの膝《ひざ》を跨《また》ぐ格好で、抱きしめられる。ダリウスはセシリアの首筋に顔を埋めて唇と舌を這わせながら、片手で夜着をむしり取るように脱がせた。

全裸にさせられて恥ずかしくなって目を伏せてしまうと、今度はダリウスが自分の夜着を脱ぎ捨てた。自分とは違う堅く張りのある身体とぬくもりが感じられて、ドキドキする。

全身を、ダリウスの大きな掌が這《は》い回る。丸みのある肩口を撫で脇の下に潜り込み、細腰に向かって下りていく。平らな下腹部を撫でられて脚の間に向かうのかと思いきや、そのまま上がって胸の膨らみを掬《すく》い上げるように揉みしだかれた。

柔らかなそこを下から上へ丸く捏《こ》ねられると、熱い快感がやってきた。

「……あ……あぁ……」

思わず感じ入った吐息を漏《も》らすと、ダリウスの指が胸の頂も弄《いじ》り回してくる。柔らかかったそこはダリウスの指に擦り立てられると、あっという間に固くなった。しこったそこを、ダリウスはすぐに舌で愛撫する。

側面をぬめった舌でぬるぬると舐め回したかと思えば、尖《とが》らせた舌先で乳頭を膨《ふく》らみに押し込むように突く。セシリアが仰《の》け反《ぞ》るとかえって乳房をダリウスの顔に押しつけるようになってしまい、さらに激しい口淫《こういん》が施《ほどこ》されてしまった。

「あ……あぁ……っ」

「あなたの胸は、どうしてこうも柔らかくて気持ちがいいんだ？」

感じ入ったように賞賛されて、セシリアは嬉しくも恥ずかしくなる。それが瑞々《みずみず》しい肌を薄紅色《うすべにいろ》に染めた。

「そんなこと……知、知りませ、ん……。恥かしい、です……」

セシリアが身を捩《よじ》り、ダリウスとの身体に少し距離を取ろうとする。だがダリウスの片腕が腰をしっかり支えて、上体しか引くことができなかった。

代わりに腰が前に軽く突き出されてしまい――蜜壺《みつつぼ》に熱く固いものを感じ取ってしまう。その隆起《りゅうき》が何なのか、言われずともうわかる。ビクッ、と反射的に身を震わせたセシリアに、ダリウスは熱い瞳でこちらを強く見つめながら身じろぎした。

セシリアの両脚の間に、猛《たけ》った肉茎が押しつけられた。

初夜で受け入れたときの圧迫感と質量を思い出して、痛みと――最後にはそれを上回った快感を思い出してしまう。

「……へ、いか……」

「……一度、放った方が良さそうだ」

何を、と問いかける間もない。ダリウスがセシリアを見つめたまま、腰を緩《ゆる》く動かし始めた。

「あ……っ」

セシリアの蜜壺の入口を、ダリウスの男根が緩やかに押し上げてきた。くに、くに、と亀頭が浅い部分だけを押し広げて突き上げてくる。

じれったいような疼くような振動が蜜壺に与えられて、セシリアは身を捩った。

「あ……あぁ……っ？」

花弁《かべん》と花芽《かが》が肉茎で擦られる。激しい快感ではなかったが、じんわりと全身に広がっていく気持ちよさだ。

ダリウスが、軽く息を詰めた。そしてセシリアの腰を撫でながら、囁く。

「あなたが心地いいと思うままに……腰を前後に動かしてくれ」

「そ、んな、こと……あっ、あっ」

恥ずかしくてできないと続けようとしたが、ダリウスの両手がセシリアの腰を掴んで促《うなが》してくる。そして身体は驚くほどに従順に、彼の言葉に従ってしまうのだ。

「あ……あっ、あ……う、嘘……こんな……恥ずかしい、こと……」

無意識のうちに腰が揺れ動き、ダリウスの肉茎に花弁や花芽を擦りつけてしまう。こんな淫《みだ》らな行為をしてしまうことが信じられないのに止まらない。

「……そうだ……気持ちいいと思うままに、動いてくれ」

「ん……あぁ、ん……ん……腰が……あっ、勝手に……っ」

しっとりと濡れた花弁で、ダリウスの肉茎を先端から中程までを擦る。ダリウスの先走りもあり、ただ互いの陰部を擦りつけ合っているだけなのにぬちょぬちょといやらしい水音が上がり始めた。

ダリウスの肉茎はどんどん固く熱くなっていく、それどころかびくびくと脈動も感じた。

「……ふ……は、あ……へ、いかのが……熱く、なって……あぁ……っ」

「ああ……そうだ。あなたが欲しくなっているからだ……」

(嬉しい……)

自分を求めてくれていることがはっきりとわかると、とても嬉しい。それがセシリアの気持ちを高ぶらせた。

ダリウスの首に腕を絡めながら、セシリアは腰を蠢かせる。水音はさらに高まるが、絶頂には程遠い。だが鈍《にぶ》い快楽だけは身体の中に溜まり続けて、解放を求めていくのだ。

「へ、陛下……私、私……っ」

どうしたらいいのかわからず、セシリアはダリウスを縋《すが》るように見つめてしまう。ダリウスもまた、どこか切迫したような表情をしていた。

「そんなふうに見られたら……止まらなくなる……」

「……んぅ……っ」

ダリウスがセシリアに嚙みつくようなくちづけを与えながら、重なった下肢に片手を伸ばす。膨らんだ花芽にダリウスの指が触れ、濡れたそこを指で摘《つ》まむように擦り立ててきた。

「んぅ、んっ、んっ」

激しいくちづけをされながら花芽を弄られると、あっという間に絶頂がやってくる。セシリアはダリウスの唇を振り解きながら、髪を波打たせて仰け反った。

「……あぁぁっ!!」

「……っ」

直後、ダリウスの亀頭から精が放たれる。熱い迸《ほとばし》りはセシリアの蜜壺の入口を、たっぷりと濡らした。

「あ……あ……っ」

中に注がれたわけではなかったが、放たれた熱にセシリアは小刻みに震える。ダリウスは大きく息をついたあと、セシリアの身体が落ち着くのを待たずに――あっという間に勢いを取り戻した男根を押し入れてきた。

「ふぁ……あっ、あぁ……っ」

達したばかりでひくつく花弁を押し広げて、太く逞《たくま》しい肉茎がずぶずぶと入り込んでくる。圧迫感に息が詰まるのに、花弁は解けて、ダリウスを驚くほどあっさりと呑《の》み込んでいく。

「……ふ……ふぁ……っ」

ずくり、と根元まで押し込んだあと、ダリウスは一つ息をつき――そして、すぐさま腰を突き上げ始めた。

強く突き上げられて身体が浮き、自重で戻る。男根を自然と奥深くまで呑み込むことになり、蜜壷の最奥を容赦なく突かれてセシリアは目を見張った。

「……ああっ！　あっ、あっ！」

ゴツゴツと最奥を突かれる快感に、猥《みだり》がましい喘《あえ》ぎを堪《こら》えることができない。ダリウスの突き上げは激しく、セシリアの髪が舞い、乳房が揺れ動くほどだった。

「あっ、あんっ、んぁ！　へ、へい、かっ！　ああっ！」

「セシリア……セシリア、あなたは素敵だ……！」

熱情のままに容赦なく蜜壷を貫かれ、セシリアは泣き濡《ぬ》れた声を上げ続ける。揺れる乳房に目を留めたダリウスは、腰の動きをまったく緩めることなくむしゃぶりついてきた。

乳首に舌を絡められ、強く吸われる。唾液を吸い込む音がするほどにきつく吸われると、新たな快楽に蜜壷がきゅっと締まった。それがダリウスを悦《よろこ》ばせ、突き上げをますます激しくさせた。

「……陛下……陛下っ！　これ、は……奥、深く、て……あぁっ、駄目……っ！」

「まだ……奥に、いける……」

「……あうんっ!!」

ダリウスが、ひときわ突き上げを大きくした。今まで以上に子宮口を押し上げられて、視界がちかちかしてくるほどの快楽を感じてしまう。

「……ひぁ！　あぁっ!!　も……もう駄目……駄目……あぁ！」

こんなに感じすぎてしまったら、頭がおかしくなってしまう。セシリアは怯《おび》えを感じて嘆願するが、ダリウスは止まらない。

「……駄目なのは、こちら、だ……っ。あなたの中の締めつけがとても良くて、もたない」

「あ……あぁぁっ！　あっ！」

ダリウスの腰の動きが、さらに激しく動く。ダリウスが絶頂を迎えようとしているのを感じてか、蜜壺も男の精を搾り取ろうとするかのようにこれまでになくきつく蠕動《ぜんどう》する。

自然と、互いに手を伸ばしていた。セシリアの胸がダリウスの胸に押し潰されるほどにきつく抱きしめ合う。

「……セシリア……っ」

名を呼ばれ、セシリアもまた、初めて彼の名を呼ぶ。

「ダリウス……っ」

そうすることがとても当たり前のように思える気持ちの中で、セシリアはダリウスの想いを受け止めた。

「……は……あ……っ」

びくびくと震えながら、セシリアはダリウスの肩口に顔を伏せる。ダリウスはセシリアの髪に頬を埋めるようにして、抱きしめ返した。

「……セシリア……」

これまでにない甘い呼びかけに、セシリアはとても幸せで満たされた気持ちを覚えた。ダ

リウスが自分を想ってくれる気持ちが伝わってくるからだろうか。

ダリウスの手がセシリアの頬に添えられ、そっと唇を啄《ついば》まれた。絶頂を迎えたばかりのセシリアを労《いたわ》るように、優しく柔らかいくちづけだ。

「……好きだ」

ダリウスが、熱い囁きで伝えてくる。それを唇で受け止めるとセシリアの蜜口《みつくち》が、きゅん……っと締まった。

まだ肉棒を埋め込んだままのダリウスのそこに、はっきりと伝わったのだろう。ダリウスは低く笑って今度は耳元に唇を寄せて囁く。

「あなたが好きだ」

「……ん……っ」

ぞくりと身震いしてしまい、セシリアはダリウスの肩を摑んで慌てて身を離そうとした。こんな調子では囁きだけでまた軽い絶頂を迎えてしまいそうで恥ずかしい。

「わ、わかりました……から……今はあまり、そういうことを仰らないで……」

「……どうして。嫌なのか？」

「……わかっていらっしゃるくせに……っ」

セシリアが少し頰を膨らませてダリウスを睨む。ダリウスはセシリアの唇に再びくちづけを与えながら頷いた。

「この辺りでやめておこう。まさか俺の言葉にも感じてくれるようになるとは思わなかった」

「……っ」

恥ずかしくてセシリアは俯いてしまう。ダリウスは低く笑いながらも名残惜《なごりお》しげに自身を引き抜き、セシリアと自分をブランケットで包み込んだ。

「寒くはないか」

「はい。陛下が温かいので……陛下は大丈夫ですか？」

「ああ。あなたが温かいから俺も大丈夫だ。今夜はこうして眠ろう」

セシリアはダリウスに頷き、その裸の胸に頬を寄せる。穏やかで心地よい幸福感が全身にじんわりと広がっていくのを感じて、自然と唇が綻んだ。

「今日は陛下の同行です。邪魔にならないようにできうる限り身軽な服をお願い」

「では、こちらはいかがでしょう？」

アナが用意してくれた服は、乗馬用のそれだ。男装にも見える格好だが、確かに動きやすい。セシリアは満面の笑みを浮かべる。

「素敵よ、アナ！」

「はい、お任せくださいませ！　髪はまとめましょう」

アナと一緒に朝の支度を終えて、セシリアは颯爽《さっそう》と部屋を出る。邸宅の玄関ポーチではすでにグラハムとダリウスが支度を終えて待っていた。セシリアは慌ててダリウスに走り寄る。

「申し訳ありません、陛下！　グラハム伯！」

「いや、大丈夫だ」

ダリウスが、柔らかい微笑みでセシリアを迎える。グラハムが少し驚いたように軽く目を見開いた。

「……どうした、グラハム」

「い、いえ！　何でもございません。では、早速参りましょう」

ルイスと数人の護衛を連れて、セシリアはダリウスとともに目的の小麦畑へと向かった。

ダリウスはセシリアがあまり馬に乗り慣れていないと思ったらしく、速度をかなり落として並走してくれている。本気を出したダリウスにはとても勝てないかもしれないが、彼が自分の目で見て様々な事案を確認すると知ってからは、セシリアなりに乗馬の訓練はしていた。こんなふうにダリウスと同じものを見られるようにと思っていたのだ。

セシリアの思った以上の乗馬の力に、ダリウスはもちろんのこと、ルイスたちも驚く。だがすぐにダリウスは詫《わ》びの笑みを浮かべ、速度をセシリアがついてこられるまで上げてくれた。

小麦畑を馬で走っていると、ふいにダリウスの表情が強張った。前方ではなく自分の横の先を、厳しく鋭い瞳で見つめている。それに気づいたセシリアもそちらに目を向けて見るが、小麦畑と空しか見えない。

「陛下？　いかがいたしましたか？」

「……いや」

何でもないとダリウスは首を振る。セシリアはもう一度その方向へと目を凝《こ》らしてみるが、やはり不審なものは見られなかった。

気にはなるものの、今は小麦の状態を確認するのが先のようだ。ダリウスはそれきり訝しむ様子は見せず、グラハムの案内で目的地へと向かっていく。

「――こちらです」

目的の小麦畑の一角で馬を降りる。青々と成長している小麦畑のひと握り分だけが、赤く変色していた。

「何かの虫につかれたんでしょうか……」

「いや……」

ダリウスとグラハムが、小麦の様子を診察し始める。セシリアは二人の邪魔にならないよう、一歩離れたところで様子を見守っていた。それでも自分なりに何か気になるところはないかと、変色した小麦をじっと見つめる。

何だか奇妙な感じがしなくもない。変色しているのは本当にひと握りだけだ。変色範囲は先端から大体茎の中程までくらいになっている。稲穂の先端だけのものもあれば、その範囲全体に変色しているものもある。もしも害虫、あるいは病気だとしたら、もっと広範囲にこの変色は起こるのではないか。

(上手く言えないけど……そうね。赤い色水をここだけに撒《ま》き散らしたような……)

ハッとして、セシリアは瞳を見開く。同時にダリウスも何かに気づいたのか、小さく嘆息した。

「そうか。これは外的要因によるものか」

「外的要因？　では、害虫の類ですか？」

「いや、違う。何かの毒物をここだけに上から振りかけただけだ。他に被害がないことを考えると、そうとしか思えない」

ダリウスとセシリアの考えは一致する。グラハムが不思議そうに眉根を寄せた。

「小麦畑を死滅させることが目的ではないということですか？　もし毒物を撒いて小麦を傷《いた》めるつもりなら、こんな半端なことは……」

「ああ、そうだ。ここに俺を呼び寄せるだけの変化を与えることが目的だろう」

ダリウスが、淡々と答える。セシリアには、ダリウスが気づいた次なることが思いつかない。それはグラハムも同じらしく、戸惑いながら問いかけてくる。

「どうして陛下をこんな辺境まで呼び寄せる必要が……」

「育った小麦はいわゆる天然の隠れ蓑《みの》だ。……俺を殺すためのな」

とんでもない予想を、ダリウスはあっさりと口にする。大きく目を見開いたセシリアを、ダリウスがすぐさま抱き寄せて馬に押し上げた。

わけがわからないまま従いつつも、セシリアは問う。

「陛下!? いったいどうし……」

「刺客がやって来る。思った通りか」

短く答え、ダリウスはセシリアの後ろに乗った。素早く馬の腹を蹴《け》り、走り出す。速い。セシリアはダリウスの腕の中で手綱《たづな》を握るだけで精一杯だ。

「陛下！ 後ろは私が！」

ルイスがすぐさま後ろについて、剣を構える。護衛の者たちもダリウスを取り囲むように並走しながら、周囲を注意深く見回した。

小麦が天然の壁になり、刺客がどこに潜《ひそ》んでいるのかわからない。グラハムに地の利があるために先導し、早く小麦畑から抜け出そうとしていた。

「ここで俺を狙うとなると、剣ではなく弓だ」

ダリウスの呟《つぶや》きが聞こえたかのように、突然進行方向から一本の矢が飛んできた。避けることなどセシリアにできるわけもない。

大きく目を見張り、自分に——いや、ダリウスに迫ってくる矢を見つめることしかできない。ダリウスがセシリアの頭を胸に抱え込みながら剣を抜き、一閃《いっせん》させた。

矢はダリウスの剣によって真っ二つに斬り捨てられる。セシリアは身を縮め、無意識のうちにダリウスに身体を強く押しつけていた。

その矢を合図にしていたのか、小麦畑から次々と刺客の男が姿を現し、弓矢を放つ。

護衛とグラハム、そしてダリウスが矢を斬り捨てるが、数はこちらの倍だ。すぐさま次の一矢を放たれると、間に合わない。

だからといってセシリアにできることは今はない。ダリウスの操る馬から振り落とされないようにするだけで精いっぱいだ。しかも目を開けていたら矢が自分に刺さりそうで悲鳴を上げそうになる。その悲鳴ももしかしたらダリウスの邪魔になるかもしれないと、セシリアはぎゅっと強く目を閉じた。

直後、耳のすぐ近くで風が鋭く鳴り——次いで、ど……っ！　と何かの鈍い音が上がる。

「陛下！」

ルイスとグラハムが、悲鳴のように叫んだ。ただならぬものを感じてセシリアは瞳を開き、振り返る。そして別の悲鳴を上げそうになった。

ダリウスの首筋が切れ、鮮血に染まっている。先ほどの矢尻がダリウスの皮膚《ひふ》を裂いていったのだ。血は止まる気配もなく、ダリウスの半身を赤く染めていこうとしていた。

ダリウスの表情は厳しい。片手で傷口を押さえることができないのは、セシリアを落とさないようにするためだろう。

セシリアはダリウスに任せきりにしていた手綱を、強く摑んだ。周囲を見渡せば、刺客たちの姿は小麦の中に消えている。

確かにこの状況では、ダリウスの負傷が命に関わるものであると判断してもおかしくない。セシリアは全身の血の気が失せてしまった感覚に、身を震わせる。

（……しっかりして、私！）

ダリウスの身体がぐらりと傾《かし》ぐ。セシリアの背中にダリウスの重さが容赦なくかかった。その重みに前のめりになり、ともするとそのまま馬から落ちてしまいそうになる。

「ルイス！　馬を止めるにはどうしたらいいの!?」

セシリアのいつになく強い声に、ルイスがこちらに走り寄りながら言った。

「俺が止めます！　セシリアさまは決して手綱を離さないでください！」

「わかったわ！　でも早くして。もたないわ……！」

悲鳴のように言うと、ルイスがすぐに近づいてくる。自分の馬を操りながらもルイスはこちらに身を乗り出し、セシリアの手綱を摑んで見事に馬を止めてくれた。

「陛下！」

グラハムと護衛たちがダリウスを馬上から降ろし、その場に横たえた。

出血のせいでダリウスの呼吸は短く、浅い。セシリアはかすかに震えてしまいながらもダリウスの首筋の傷を確認する。

頸動脈《けいどうみゃく》は切れていない。出血の多さで勘違いしてしまったが、傷は首と肩の付け根辺りだった。

「陛下！　お気を確かに！」

ルイスの声にダリウスが青い顔で頷《うなず》く。

「ああ……聞こえている。セシリアは、無事か」

自分のことよりも先に安否を尋ねられて、セシリアは泣きそうになる。だがここで泣いてもダリウスの役には立たない。

セシリアは髪をまとめていたリボンを解きながら言った。

「はい、陛下。私は陛下のおかげで無事です」

銀髪が流れ落ちる。アナが整えてくれた髪型はリボンを何本か編み込んでいたもののため、セシリアの手には数本のそれがあった。

セシリアはリボンの端を簡単には解けないようにきつく結んで一本にする。セシリアの意図に気づいたルイスが、上着のポケットからハンカチを取り出し、他の者にも出させた。

傷口に合わせて折りたたんだハンカチを重ねて、傷に当てる。セシリアのリボンを反対の脇下に通してハンカチを固定すると、きつく縛った。応急処置の、止血だ。

「屋敷に戻りましょう。私は先に行って医者を手配します」

グラハムが先に走り出していく。セシリアはルイスたちとダリウスを馬に上げた。ルイスがダリウスを背負うようにして同乗し、グラハム邸に向かう。屋敷に辿《たど》り着くとグラハムが手配した医者と召使いたちが待っていて、ダリウスを引き受けてくれた。

「姫さま！　ああ、ご無事で！」

出迎えてくれたアナが、泣きそうになりながらセシリアに抱きつく。柔らかい抱擁《ほうよう》にセシリアは気が緩んでしまい、今更のようにガクガクと膝が震えて崩れそうになってしまった。

「アナ……アナ、どうしよう。陛下が……」

今にも気を失ってしまいそうなセシリアの様子に、アナが驚く。だがすぐに安心させるように微笑み、セシリアの背中を撫でた。

「大丈夫でございますわ。きっと大丈夫でございます。さあ、姫さまも着替えましょう。そんなお姿で陛下のお見舞いをしたら、陛下に驚かれてしまいますわ」

セシリアは溢《あふ》れそうになる涙を飲み込み、頷いた。

「ええ、そうね。アナの言う通りだわ」


ダリウスの治療は終わったものの、負傷による発熱が起こっていた。熱が引かなければ危《あや》ういことになるかもしれないと聞いてセシリアはいてもたってもいられず、看病を申し出た。ルイスたちはそれではセシリアの身体がもたなくなるからいいと言ってくれたが、ダリウスの姿が見えないところで彼の容体《ようだい》を心配する夜を過ごすよりは、彼の傍でできることをしながら心配したい。セシリアの願いをルイスたちは結果的に拒むことができず、セシリアはダリウスの枕元に控えることになった。

ベッドに横たわったダリウスの呼吸は荒く、熱のために額には汗が吹き出ている。セシリアはそれを冷えないように拭ってやり、額に置いた濡れ布がぬるまれば洗面器の水で冷やしてやった。

セシリアがそうしてやると、幾分《いくぶん》ダリウスの表情が緩まることが、唯一の救いだった。

(もしも陛下が、このまま……)

最悪の想像をしてしまい、セシリアは身震いする。

もしもダリウスが居なくなってしまったら――このアルドリッジは賢王をなくして混迷するだろう。ダリウスを良き王とは思わない者たちが、好機が来たとばかりに権力を奪うかもしれない。

（いいえ、いいえ……それよりも私が、あなたを亡くしたらどうしたらいいの……）

アルドリッジの王妃として、新たな伴侶を迎えるか――あるいは権力を奪った者に差し出されるか。自分の未来はある程度想像できたが、そんなことはどうでもよかった。ダリウスへの想いに気づき、彼の王たる心に同感し、彼とともにアルドリッジのために――そして彼の心に寄り添いながら生きていこうとしたのに。

（あなたがいなくなってしまったら、私が辛くて耐えられない）

今こうしてダリウスの生死が危ういことが目の前に迫って、改めて気づく。自分が思っていた以上にダリウスを想っていることを。

「う……」

ダリウスが苦しげに身じろぎし、ブランケットから右手が出てしまう。セシリアはその手をそっと自分の掌に包み込んだ。

熱い掌は、燃えるようだ。セシリアは泣きそうになりながらも、その手を包み続ける。

――どのくらいの時間が経っただろう。ダリウスが小さく呻《うめ》き、セシリアはハッとしてその顔を覗き込んだ。

「陛下！　気がつきましたか!?」

まだ呼吸は荒く額の汗もひいてはいなかったが、開かれた金褐色の瞳には生気が感じられた。それを見つけられたことに、セシリアは泣き出してしまいそうなほどに嬉しくなる。

「俺は……」

「刺客に襲われてお怪我を……」

そのときのことを思い出すだけで、胸に突き刺すような痛みが生まれる。セシリアの言葉で混濁《こんだく》した記憶が整理されたのか、ダリウスが手を伸ばしてきた。

セシリアは慌ててその手を受け止める。ダリウスがセシリアの掌を指で優しく撫でた。

「あなたは、無事か」

「……っ」

今度は我慢できずに、セシリアはぽろりと涙を零してしまう。ダリウスの指先が驚きに強張った。

「私は、陛下が護《まも》ってくださったから無事です。陛下の方が危なくて……このまま目を覚まさなかったらどうしたらいいかと怖くて……私……っ」

セシリアは慌てて口を押さえるが、溢れてしまったものは戻らない。ダリウスが指を上げ、セシリアの顎先から伝い落ちようとする涙を拭い取った。

「すまない。心配をかけた」

「ほ、本当におわかりになっていますか!?」

「ああ、わかっている。あなたがそんなふうに泣いてくれるから」

指に移った涙を、ダリウスが舐めながら言った。

「俺を、とても心配してくれている味だ」

「……美味しくは、ないでしょう？」

「ああ、確かに」

ダリウスは素直に頷く。そして小さく笑いながら続けた。

「俺の腕の中で乱れているときのあなたの涙の方が、美味《うま》い」

セシリアは思わず赤くなるがそんな軽口を叩けるくらいにはダリウスの気力も回復したのだと安心もする。セシリアはダリウスの手を改めて取ると、頬擦りした。

「もうこんな心配はしたくありません」

「……そうだな、俺もさせたくない。だがそうなると、母上を何とかしなければならなくなる」

セシリアは軽く目を瞬かせた。どうしてここでエレインのことが出てくるのか。彼女は世継ぎを残せなかったことで心を病み、別邸で暮らしているというのに。

「今回の件で、俺は母上を疑っている」

ダリウスが、身を起こす。セシリアは彼に手を貸してやり、背中にクッションを置いてやった。

「彼女は俺を憎《にく》しみの対象として見ている。いや、俺と俺の実母をか」

「ですがエレインさまはお心を病んでいらっしゃって……陛下に刺客を送り込むなど、そんなことができるのでしょうか」

「心を病んでいても、憎しみは消えないものだ。母上が俺を殺したがっているのは確かだろう。過去にも何度か暗殺の手が伸びてきたことがあったしな」

さらりと何でもないことのように続けられて、セシリアは驚いてしまう。わかっているのならばなぜ、エレインを放置しているのか。

「俺にとっては大した障害でもない。義理とはいえ前王妃に何かしらの制裁を与えるとなると、貴族社会が何かと浮き足立つ。それに俺に敵対する者は大抵母上につくからな。敵味方の判断の第一段階にさせてもらっているから、ある意味で便利だ」

便利とは次元が違う話だ。セシリアは何とも言えない怒りを覚えてダリウスを睨みつけた。

「どうした？」

「……陛下が仰ってることはとても合理的で余計な争いを避けようとしているとわかりますけど、ご自分を大事にしなさすぎです！　私は陛下のお傍にいたいのであって、アルドリッジ国王の未亡人になりたいわけではありません！」

セシリアの怒りの言葉に、ダリウスが軽く目を見開く。それからゆるゆると柔らかな微笑を浮かべた。

なんだかとても恥ずかしいことを言ったように思えてしまい、セシリアは慌てて立ち上がる。

「お水を替えてきま……」

「いい」

ダリウスがセシリアの腕を摑んで引き止める。

「少し眠くなってきた。俺が眠るまでここにいてくれ」

セシリアは恥ずかしさに視線を彷徨《さまよ》わせたあと、すとん、と椅子に腰を下ろした。ダリウスの寝息がすぐに聞こえてくる。

今回、ダリウスの命は何とか無事だった。だが原因が消えていない以上、また同じようなことが起こるかもしれない。青ざめた寝顔を見つめ、セシリアはぎゅっと両手を握りしめた。

【6】

「ねえねえ！　陛下とセシリアさま、今日の午後はお二人で温室で過ごされてるんですって。最近のお二人、とっても仲がよくない!?」

「今はずいぶん打ち解けられている感じがするようになったわよね！」

「陛下もなるべくセシリアさまとご一緒に過ごす時間を取られるようになったようだし……私も以前よりもお二人でいられるところを見かけるわ。ということは……」

仕事の手を休めないまま、召使いたちは互いの顔を見合わせながら言う。

「お世継ぎの誕生もきっとそう遠くはないんじゃ……」

幾《いく》つかある庭園の中で一番陽当たりがいい場所に、温室がある。アルドリッジよりも熱い地方で咲く植物たちがここに集められ、育てられていた。

温室のために外よりは温度が高い。中には茶が楽しめるようにテーブルセットが置かれ、午後の執務をダリウスはここでしていた。

向かいの席にはセシリアが座り、農作物を中心とした植物の勉強をしている。時折談笑をして茶を飲み、温室の花に目を和《なご》ませる。そんな穏やかで優しい時間はダリウスにとってとても効果的だったようで、予想以上に早く予定の執務は終わってしまった。

決済書類の様子を見に来たルイスが驚くほどの早さだ。ルイスは出来上がった書類を受け取り、これから夕食までは自由時間ですねと言い置いて立ち去っていく。

思いもかけないダリウスとの二人きりの時間にセシリアは喜んだ。そして何とはなしに交わしていた他愛《たあい》もない話の中で、ダリウスから自分の周囲が少し騒がしくなってきたことを教えられる。

どうしたのかと心配して聞き返すと、ダリウスは笑いながら教えてくれたのだ。

「俺とあなたが随分《ずいぶん》仲がよくなっているから、世継ぎが見たくなってきたらしい」

王妃である以上、それが求められていることの一つだと充分承知している。その義務を果たさなくてはならないと、以前はセシリアからダリウスに迫ったこともあるのだ。

今思い返すととても恥ずかしく、ひどく居《い》た堪《たま》れない。自然とセシリアは肩を縮めていた。

「どうした」

「い、いえ……ただ少し、思い出してしまって……」

「何をだ？」

そのときのことを話すのは、躊躇《ためら》われる。だがダリウスがこちらをとても心配そうに見つめてくるため、誤魔化《ごまか》すことも難しそうだった。セシリアは真っ赤になりながら、答えた。

「あ、あの……前に、私の方から陛下に迫ったこともあったと、思いまして……」

ダリウスもすぐに同じ思い出が浮かんだらしく、ああと頷《うなず》く。セシリアは俯《うつむ》き加減になりながら続けた。

「あ、あのときはとてもはしたないことをして……も、申し訳ありませんでした……！」

「いや。あの状況でなければ、とても嬉しかった」

「嬉しい……？」

セシリアは予想外のダリウスの言葉に、瞳を瞬《しばたた》かせる。ダリウスは小さく苦笑した。

「あなたが俺を求めてくれるのは、嬉しい。俺だけがあなたを求めているのではないと、感じられるからだ」

短い言葉ながらも、ダリウスの気持ちが伝わってくる。はしたないとばかり思っていたのだが、ダリウスには別の意味があるのか。

(陛下は、嬉しいと言ってくださったわ)

では、もっと喜んでもらうためにはどうしたらいいのだろう。

「わ、私にとってはとても恥ずかしいことでも、陛下にとっては嬉しいことがあるんですか？」

「ああ。あなたが俺を求めてくれることがわかると、とても嬉しい」

「私が、陛下を求めて……だ、抱いてくださいと、お願いすることですか？」

それを言うのも恥ずかしくて、セシリアは顔を赤くする。ダリウスは少し思案《しあん》げに沈黙したあと、続けた。

「いや……もうそのような言葉だけでは満足できないな。あなたがそれを態度で示してくれなければ」

それはダリウスに自分からくちづけて肌を晒《さら》し、脚を開いて彼の熱い肉棒を受け入れるということか。

そんなこと、恥ずかしくてできるわけがない。セシリアは慌ててふるふると首を振る。

「そ、そんなこと……できません……っ」

「……そうか……それは残念だ」

ダリウスがひどく残念そうに言ってくる。

「俺に迫ってきてくれたときのあなたはとても可愛《かわい》らしくも妖艶《ようえん》で、ひどく高ぶってしまいそうになったんだが……やはり駄目か」

赤裸々《せきらら》な言葉に恥ずかしくなるが、ダリウスがそのことを喜んでくれたことを教えてもらえて小さく息を呑《の》んでしまう。

(陛下に、喜んでもらいたい……)

その気持ちが、セシリアに勇気を与えた。

「わ、私がそうすると……嬉しい、ですか？」

「ああ、とても」

「で、では……やってみます……」

セシリアはひとまずくちづけをするために、ダリウスに歩み寄る。

ダリウスはこちらを向いて待ちの体勢だ。恥ずかしさを堪《こら》えて椅子に座ったままのダリウスの肩に両腕をかけ、そっとくちづける。

唇を何度も押しつけるだけの軽いくちづけは、思った以上に満足できるものではなかった。

前回は切迫した想いがあったために随分大胆に行動できたのだと、今更ながらに気づく。

セシリアは小さく身を震わせるとダリウスの唇を自分で押し割り、舌を口中に潜《もぐ》り込ませた。ダリウスはまったく動かない。

「ん……んん……っ」

ダリウスの舌を探して、セシリアは口中を舐《な》め回す。ダリウスの舌を見つけると、すぐに絡みついてしまう。

肉厚でぬるついた舌を擦《こす》り合わせると、不思議な気持ちよさがやってくる。それがセシリアの身体の奥に疼《うず》くような熱を与えてきた。

ダリウスともっと近くなりたくて、セシリアは彼の頭をかき抱くように抱きつく。混じり合った唾液が滴《したた》り落ちそうになり、セシリアは喉を鳴らした。

互いに熱い息をついて、わずかに唇を離す。

「陛下……」

呼びかける声は、自然と甘く誘うものになっている。それを聞いたダリウスが、直後にたがが外れたように椅子から立ち上がりながらセシリアに身を寄せた。

逞《たくま》しい身体に圧力を感じて、セシリアは反射的に身を引こうとする。ダリウスの腕がすぐさま腰に回り、強く引き寄せた。

「すまない。まだあなたのそういう乱れ方を楽しむ余裕はないようだ」

「え……あ……っ」

ダリウスがセシリアの身体を反転させる。あっという間にテーブルに両手をついた格好にさせられ、ダリウスが背中に覆いかぶさってきた。両手が脇の下から前に回り込み、胸の膨《ふく》らみを鷲掴《わしづか》むように揉《も》みしだいてくる。

温室は温かいため、薄手のドレスにしていた。そのせいか、ダリウスの手の感触が強く感じられてしまう。

コルセットに押し上げられた乳房を、ダリウスの手は丸く捏《こ》ね回してくる。感じて張りを持ち始めたことに気づくと、ダリウスはセシリアの襟《えり》を掴んで引き下ろした。

少し深めの襟刳《えりぐ》りのため、ダリウスの手に強く引き下ろされると胸がふるりと溢《あふ》れ出てしまう。同時に二の腕あたりが拘束《こうそく》され、自分で乳房を強く押し出してしまうような格好になってしまった。

恥ずかしさに身震いするよりも早く、ダリウスの手が直接乳房を揉みしだいてくる。指先で乳首を弄《いじ》られるとそれはあっという間に固くしこった。爪の先で軽くひっかくように弄られると、じんじんとした快感がやって来る。

「……あ……あぁっ、あ……っ。へ、いか……」

「……ああ……その声、堪らない……」

うっとりとした声音で呟《つぶや》きながら、ダリウスがセシリアの耳裏にくちづける。熱い舌が感じやすい耳を舐めてきた。

その舌の甘い責め苦から逃れようと俯けば、自分の胸を愛撫するダリウスのいやらしい手の動きが目に入ってしまう。明るい温室の中では尖った乳首がはっきりと見えて、自分が彼の愛撫《あいぶ》に感じていることを教えていた。

（ああ……恥ずかしい……なのに……）

きゅん、と蜜壺《みつつぼ》が切なくなり、濡《ぬ》れるのがわかってしまう。セシリアが無意識のうちに腰を軽く揺らすと、ダリウスの片手が導かれるように胸から離れて下肢《かし》に移動した。

右足を撫で上げる動きで、一緒にスカートもたくし上げていく。下肢に空気が触れることに気づいてセシリアは身じろぎするが、のしかかるダリウスからは逃れられない。それどころか足を開かされ、ダリウスの下肢がその間に入り込んでくる。

まくり上げられたスカートの下は、薄い下着と腿《もも》まで届く絹の靴下だけだ。靴下をガーターベルトで留めているだけのあられもない下肢を否応なく想像して、セシリアは真っ赤になりながら後悔する。いくら今日は公務がない日だったとはいえ、無防備すぎたかもしれない。

「へ、陛下……あの……ああっ！」

セシリアが何か言おうとするよりも先にダリウスの指が下着を引き下ろし、自分の腰を押しつけてきた。いつの間に下肢をくつろがせていたのか、ダリウスの逞《たくま》しい男根の膨らんだ亀頭が、セシリアの蜜壺にぐりぐりと押しつけられている。

ダリウスの指が花弁《かべん》に沿わされ、くに、と押し広げてきた。性急さすら感じるダリウスの仕草だったが、セシリアのそこは濡れていた。こんなに明るいところで、誰か来たらあられもない交わりを見られてしまうかもしれないのに、欲しがる気持ちを抑えられないとダリウスに言われているようで、感じてしまったのだ。

「……すまない、セシリア。ろくに可愛がってもいないのに……」

「い、いいえ、大丈夫です……陛下が私を欲しがってくださるのが、わかるから……」

自分の身体を気遣ってもらえることが嬉しい。だから、それだけでも濡れてしまう。入れても大丈夫だということは、今花弁を押し広げているダリウスの亀頭がぬるついていることで充分にわかってもらえるだろう。

「……ああ、本当だ。あなたのここは、とてもよく濡れている……」

「ひぁ……あ……あー……っ！」

ぐ……っ、と勢いよく奥まで押し込まれて、セシリアは快楽で濡れた目を見開いた。

ダリウスが即座に抽送《ちゅうそう》を始め、腰が打ちつけられる。肌がぶつかり合う音と、繋がった場所から立ち上がるぐちゅぐちゅという水音が、セシリアの身体を追い上げた。

「あ……あぁっ、あっ、あんっ、あっ！」

律動に合わせて、淫《みだ》らな喘《あえ》ぎが溢れてしまう。恥かしいけれど身体を支えていないとテーブルの上に崩れ落ちてしまいそうで、口を押さえることができない。セシリアは唇を噛みし

めようとするが、ダリウスのひと突きですぐに叶わなくなる。

ダリウスの荒い呼吸が、セシリアの快感を高めていく。さらに高みを見せるべく、ダリウスはセシリアの花芽《かが》を指で弄りながら腰を振った。

「ああっ！　駄目……それは、駄目……！」

同時に責められると、快感がますます高まる。このままではおかしくなってしまうとセシリアは首を打ち振りながら言うが、ダリウスは止まらない。

「あ、あっ、あ……あぁっ！」

「セシリア……っ」

ダリウスの突き入れが、激しさを増す。セシリアは身を支えていられず、ついにテーブルの上に突っ伏した。

柔らかな胸がテーブルに押しつけられて潰される。乳首が律動に合わせて固いテーブル面と布地に擦れ、堪らない心地よさがやって来る。それでもダリウスはセシリアの細腰を大きな掌でがっしりと摑み、一番奥を突き破りそうなほどの勢いで突いてきた。

テーブルがガタガタと揺れ、食器もそれに合わせて音を立てた。ダリウスの切羽詰まった荒い呼吸音が耳朶《じだ》に触れて、ゾクゾクしてしまう。

「へ、陛下……陛下……ああっ、もう駄目……もう……！」

目の前が白く染め抜かれるような絶頂が、間もなくやって来る。それを予感してセシリアが喘ぎの合間に言うと、ダリウスの律動がまた一段と激しくなった。

「……セシリア……俺の名を、呼んでくれ……っ」

「……ダ、リウス……ダリウス……っ」

本当の気持ちを言えば、二人きりのときくらいはダリウスの名を呼びたかった。セシリアの呼び声は愛情に満ちていて、それだけでもダリウスをさらに高ぶらせるには充分だったようだ。

飲み込んだ男根が、さらに固く膨らむ。蜜壺が引き裂かれるのではないかと思うほどなのに、自分のそこはさらに熱い蜜で濡れ熟《う》れて、ダリウスを締めつけて奥へと導くのだ。

「あ……ダリウス……ダリウス、もう、私……っ！」

「ああ、一緒に……っ」

ダリウスの荒々《あらあら》しい動きに、セシリアの乱れた喘ぎもこれ以上ないほどぴったりと重なり合う。直後、二人で同時に達し、激しく身を震わせた。

「あ……はあぁ……っ」

自分の身体の奥にダリウスの精が熱く叩きつけるように注がれるのを感じて、セシリアはぐったりと弛緩《しかん》しながらテーブルに頬を押しつけた。ダリウスはセシリアに最後の一滴まで注ぎ込むためにさらに強く男根を押し込んで、腰を小刻みに揺らしている。

射精の衝動が治ると、ダリウスは汗で貼りついたセシリアの銀髪をそっと払いのけてやり、そこに優しく唇を押しつけた。

「セシリア……素晴らしかった。あなたの可愛らしい声で名を呼んでもらっただけで、こんなに……」

ダリウスが軽く腰を揺すると、ぬちゅり、と粘着質な水音が上がる。彼の放った白濁《はくだく》を蜜壺は受け止めきることができず、繋がった部分からとろりと溢れてきていた。

っ……っ、と熱い雫が内股を伝い落ちていく感触に、セシリアは身を震わせる。ダリウスはセシリアの耳裏に舌を這わせ、耳殻《じかく》を甘噛みした。

「……ん……ダリウス……もう、駄目……」

先ほど名を呼べたこともあり、セシリアは思わずそう呼んでいる。ダリウスは嬉しそうに低く笑い、銀髪にくちづけた。

「あの……陛下。お願いがあるんですが」

心地よく幸せな疲労感に満たされながら、セシリアは少しだけ甘えた声を出す。

「何だ？」

「二人きりのときくらいは……陛下のことをお名前で呼んでもいいでしょうか？」

ダリウスが、軽く目を見開く。だがすぐに微笑んで頷いた。

「是非ともそうしてくれ。あなたの声に呼ばれると、俺の名がとても特別なもののように思える」

それは少し大げさではないかと思うものの、ダリウスが嬉しそうだから何も言えない。セシリアは振り返りながら微笑みかけた。

「ありがとうございます、ダリウス」

「……礼を言うのはこちらの方だ」
ちゅ……っ、とダリウスから柔らかいくちづけが与えられた。

執務室の扉をノックすると、ダリウスの返事がすぐに返ってきた。セシリアはアナととも
にルイスが開けてくれた扉から、室内に入る。
「出かけてまいります。午後のお茶の時間には戻ります」
外出着のセシリアをどこか眩《まぶ》しげに見つめて、ダリウスは頷いた。
「では、あなたが好きそうな菓子を用意して待っていよう」
「まあ陛下、ありがとうございます。では、行ってまいります！」
部屋を出る自分を見送ってくれる優しい視線を背中で感じながら、セシリアはアナととも
に城の外へと向かった。今日は教会に慰問の予定が入っているのだ。
外に出るとすでに馬車が待っていて、セシリアはアナを連れて車内に入る。召使いたちが
扉を閉めてくれると、馬車は軽快に走り出した。
しばらく馬車に揺られていると、真向かいに座るアナがやけに上機嫌ににこにこと笑って
いることに気づく。
「アナ、どうしたの？　何か嬉しいことでもあった？」
「はい！　姫さまと陛下が、ずいぶん仲良くなられたようですので！」

「……え……っ」

アナの言葉に、セシリアの頬が赤くなる。

「ご結婚当初はどうなるかと心配いたしましたが……今は御子《おこ》もそろそろじゃないかと言われるほどに仲睦まじくなられたようですから、私、ほっとしましたの。相変わらず私には何を考えているのかよくわからない方ですけど、姫さまのことはとても大切にしていらっしゃいますし！　私の姫さまを蔑《ないがし》ろにされるようでしたら、絶対に許しませんでしたわ！」

「よくわからないって……もう、アナったら。陛下は少しお言葉が足りない不器用な方なだけよ。本当はとても優しくて思慮《しりよ》深い方なの。で、でも子供は……これぱかりは神さまの思《おぼ》し召《め》しよ」

「あら、きっともうすぐですわ！　私、今からとても楽しみです！　姫さまの御子！　王子さまでも姫さまでも、とても可愛らしいに違いありませんわ!!」

「や、やめて、アナ。恥ずかしいわ……！」

まだ少し気が早いような気もするが、世継ぎのことを考えて新たな幸せが近い未来にやって来ることも実感する。

(ダリウスとの……子供……)

王妃としての役目だという義務感からではなく、彼に愛された結果として誕生する未来だ。それがとても幸せで愛おしいものだと感じられるのは、ダリウスに愛されていることが実感できるようになったからかもしれない。

だからこそ、セシリアは今まで以上に強く思う。

(ダリウスのために、立派な王妃になりたいわ)

その決意の中で、セシリアはふと思い出す。アナにローズレンフィールドがきちんと援助されているかどうかの確認をしてもらっていたことだ。

今は、その不安もない。

「アナ、私が前にお願いしていたことだけど……」

「はい。ローズレンフィールドのことですね？　申し訳ありません。まだ少し手間取ってまして……」

「いいえ、もういいの。もう大丈夫。陛下のお気持ちが、ちゃんとわかるから」

セシリアは満面の笑みを浮かべて言った。


教会への慰問は無事に終わり、セシリアは予定通り馬車に乗ろうとした。国は違えども子供たちは共通しているのか、明るく素直な子たちばかりだった。親がいない寂《さび》しさに心を固く閉ざしている子供ももちろんいたが、セシリアがこの交流の時間で真摯《しんし》に向き合うと、ほんの少しとはいえ笑顔を見せてくれるようになった。

子供たちと世話人たちの別れの挨拶《あいさつ》に手を振って、セシリアは思う。

(慈善事業にももう少し力を入れていただけないかと、ダリウスに相談してみたいわ。この

子供たちにももっと学ぶ機会が得られるように)

豊かな国だからこそできることがある。もちろん、民の負担にならないような方法を考えなければ。

そんなことを思いながら馬車に乗ろうとしたとき、新たな車輪の音が耳に届いた。この協会への来訪者だろうか。

やって来た馬車の扉には、王家の紋章《もんしょう》が入っていた。王族の誰かが中にいる。今のセシリアにとって自分よりも高位の者はダリウスとエレインしかいないが、無視して先に発つようなことをするつもりは毛頭もない。セシリアは踏み台に乗せかけた足を戻し、やって来た馬車に向き直った。

停まった馬車から姿を現したのは、エレインだった。初めて会ったとき同様、黒一色のドレスと帽子だ。扉は開いたが、エレインが降りてくる様子はなかった。

「ご機嫌《きげん》よう、セシリア姫」

「これは……エレインさま。ご機嫌麗《うるわ》しゅう」

セシリアはダリウスの義母に対する最大限の敬意を示して膝を落とし、頭を下げる。だが、警戒の念は忘れていなかった。

(真偽はどうあれ、ダリウスを殺そうとしているかもしれない人)

前王妃の登場に、世話人たちが子供たちと一緒に膝をつく。エレインはそんな子供たちに笑顔を見せたが、誰も笑みを返すことはなかった。むしろその笑顔に子供たちは萎縮《いしゅく》してしまっている。

「あなたがここに慰問に来ることを、小耳に挟んだの。私もちょうど買い物に出たところだったから、少しお話ししたいなと思って」

「お気に留めていただきありがとうございます。ですが午後にもまた、公務がありまして……」

「あら、あなたの今日の予定は把握《はあく》しているわ。嘘をつくのはいけませんと、ご両親に教えていただかなかった？」

確かにエレインの言う通り、セシリアの午後の予定は今日はない。どうして自分の予定を彼女が把握しているのか。

「……申し訳ございません。少し勘違いをしてしまいまして……ですが、陛下に黙って予定を変えるのはいただけません。一度城に帰ってから改めてお伺いいたします」

「素敵な切り返しね、セシリア姫。でも、それならば私の御者《ぎょしゃ》に使いをさせましょう。代わりにあなたの御者に私の屋敷まで送ってもらうわ」

それでは自分の御者を使ってダリウスに自らの危険を知らせることもできない。本当にこれが、心を病んでいる者の言うことなのだろうか。

エレインはさらに世話人と子供たちの方に向かって言う。

「ねえ、あなた方。私とセシリア姫は女同士の秘密のやり取りがあるの。だからここで会ったことは内緒にしておいてね？」

エレインの笑顔は、子供たちだけではなく世話人たちの背筋も震わせるものだ。セシリアですら恐怖で身が竦《すく》んでしまいそうになる。彼女たちが前王妃の無言の圧力に反してダリウスに何か言うことはないだろう。

(できるわけがないわ。もしそんなことをして自分の身に危険が迫ったりしたら)

それができない彼らを責めるつもりはない。そんなことをさせる者が、セシリアにとっては悪人だ。

「……姫さま……」

アナが、不安げに名を呼んでくる。だが何があってもセシリアを守ろうとする決意は感じられた。

セシリアは小さく息を呑《の》み、まっすぐにエレインを見つめた。

「わかりました。ではエレインさま、ご一緒させていただきます。アナ、行きましょう」

セシリアはアナを連れて、馬車の中に入り込む。御者が入れ替わり、扉が閉められた。

エレインの笑みが、深まった。

「さあ、行きましょう。美味しいお菓子とお茶を用意してあるわ」

(ダリウス……！)

走り出した馬車の中で、セシリアはダリウスの名を強く呼ぶ。声が城にいるダリウスに届くわけもないとわかっていても、セシリアは呼び続けた。

エレインの屋敷は王城からは離れた場所にあり、馬車を使わなければ城までは来られない場所だった。屋敷は丁寧に管理され過ごしやすく快適そうに見えたが、広い土地には屋敷しかなく、この広さが檻《おり》のようにも思えてくる。

屋敷の応接間にセシリアは通されるのかと思いきや、エレインは小さな部屋に案内した。出入口はたった一つしかない扉だけだ。窓は一つもなく、そこに小さなテーブルセットが用意されている。そこには確かにエレインが言うように、セシリアを迎えるために茶と菓子が用意されていた。

ランプの灯りだけで、薄暗い。まるで闇の中に入っていくかのようだ。

「さあ、入って」

アナと訝《いぶか》しげに席に着くと、エレインも向かいに座る。クッキーにチョコレート、プチケーキにババロア、タルトにパイなど、いつものセシリアだったらそれだけで喜んでしまいそうな菓子が大皿に所狭《ところせま》しと並んでいる。

「あなた、お茶をいれてちょうだい」

アナが言われて、慌《あわ》てて二人分の茶をいれた。ひどく緊張する茶の時間だと思いながら、セシリアはカップを引き寄せる。

「いただきます」

「ええ、どうぞ。あなたは甘いものが好きなのよね？」

そんなことも、エレインは知っているのか。どう言えばいいのかわからず、ひとまず当たり障《さわ》りのない笑みを浮かべて頷く。

「ありがとうございます」

「さあ、食べて食べて。私もいただくわね」

エレインは子供のように笑って、手にしたクッキーを口の中に入れる。こうして見ていると、本当にセシリアと一緒に茶の時間を楽しみたかったように思えた。

(でも、この部屋……)

まるで誰かを閉じ込めるような部屋だ。それが、セシリアの心を緊張させる。

何も食べないわけにもいかず、セシリアはチョコレートを一つ摘《つ》まんで口に入れる。甘くとろけるチョコレートのはずなのに、あまり味が感じられなかった。

「あのね、セシリア姫。あなたはあの子の王妃となったのよね？」

「……はい」

婚儀を終え、立場上も心もダリウスの妻となったと自覚はある。ダリウスの妃として相応《ふさわ》しいかどうかは別として、セシリアは強く頷いた。

エレインはますます楽しげに笑う。

「身も心も愛されてる？」

「……は、い……」

「それは困るわ……」

「……はい……？」

エレインがカップを置いて、ひどく残念そうにため息をつく。なぜそのことでこんなふうに残念がられるのかがわからず、セシリアは困惑《こんわく》する。アナも同じで、控えたまま息を詰めていた。

「あなたの身体にあの子との子種が入るのは駄目よ。あの子との子が世継ぎになるのは、私、嫌なの」

「……どういうことですか……」

エレインは紅を乗せた唇の端を、さらに釣り上げる。まるで悪魔の笑みのようだとセシリアは背筋を震《ふる》わせた。

「さあ、どういうことかしらね？　……あら、頼んでおいたケーキがないわ。ちょっと言ってくるわね」

はぐらかして、エレインは立ち上がる。セシリアがエレインの言葉の意味を考えているうちに、彼女は部屋を出て行ってしまった。

扉が閉まり、鍵がかかる。その音にハッとして、セシリアは慌ててアナと一緒に扉に走り寄った。

当然のことながら、開かない。

「……姫さま！」

「閉じ込められたってことよね、これは……」

「それ以外にありえませんわ！　こ、これはどういうことですか!?　エレインさまは姫さまをどうするおつもりで……!!」

アナが真っ青になってわたわたと叫ぶ。セシリアとしてもアナと同じように取り乱したいところだが、かえって少し心が落ち着いてきた。

(落ち着いて、落ち着いて……私が取り乱してもどうしようもないわ……！)

自らに言い聞かせて、セシリアは周囲を見回す。何度繰り返しても、ドアが開く気配はなく出口は扉しかない。セシリアは椅子にゆっくりと座り直した。

「姫さま！　なんとかアナが姫さまをここから出しますので！」

「いいえ、アナ。私の方はそんなに急がなくてもいいと思うの。だってもし何かするつもりなら、私を閉じ込める必要はないわ。この屋敷に連れてきたときに、殺してしまえばいいんだもの」

「殺すなんて姫さま……！」

突然物騒《ぶっそう》な言葉をセシリアが口にしたことに、アナは両手を握りしめて震え上がる。だがセシリアにしてみれば、思った以上に身近なことだ。

(だって、ダリウスは命を取られようとして……)

矢で傷ついたときのダリウスの様子を思い出すと、セシリアの心がぎゅうっと握りしめられたように震え上がる。ダリウスが失われてしまうかもしれないことを考えると目の前が真っ暗になることに比べれば、このくらい何でもない。何でもないはずだ。

（そうよ、考えるのよ。私の身はここでまだ安全……ならばエレインさまの目的は……ダリウス……！）

少し落ち着けば、すぐにわかることだ。自分を使って、エレインはダリウスに何かを仕掛けるつもりなのだ。

「アナ！　陛下が危ないわ！」

「危ないのは姫さまです！　何を仰って……」

「違うの。エレインさまは私を使って陛下に何かを要求するつもりなのよ。私が陛下の足手まといになるんだわ……！」

セシリアは扉に飛びつき、ノブを回す。もちろんどれだけ回しても動かしても、扉は開かない。セシリアはアナとともに扉を力任せに叩いた。

「誰か！　誰か私をここから出して!!」

「……セシリアの戻りが遅い」

ふいに呟かれたダリウスの言葉に、茶を運んできたルイスはそのことに気づいて小さく頷いた。

「確かにそうですね。予定では、もうお戻りになっていてもおかしくはないのですが」

執務机の上に、ルイスが茶を置く。柔らかく優しい花の香りがする茶は、セシリアが好むそれだ。この国に来て初めて知ったセシリアの『好み』は、ダリウスにとっても特別なものとなっている。

ダリウスは立ち昇る湯気を、じっと見つめる。胸のざわめきを感じるのは、なぜだろう。どうにも無視できないこの気持ちはどうしたのか。

他人から見ればさほど表情が変わっているようには思えないが、ルイスにはダリウスの横顔が厳しくなっていることがわかる。

「陛下。何か気になることでもおありですか」

「嫌な胸騒ぎがする」

「胸騒ぎ……ですか？」

そんな曖昧《あいまい》な気持ちでダリウスが動くことは、珍しい。ルイスは驚きに軽く目を見張る。

だがダリウスは、厳しい表情のままで続ける。

「セシリアに今すぐ迎えを出してくれ」

「は……はい！」

戸惑いは隠しきれていないが、ルイスはすぐに動いた。ダリウスは茶に手をつけることなく、ルイスからの報告を待つ。

セシリアが慰問に向かった協会は、ルイスでなくとも彼の配下の者たちが馬を飛ばせば何時間もかかるところではない。待っていればおのずと報告は入る。わかっていてもダリウスは居てもたってもいられずに、立ち上がった。

セシリアは心優しく子供好きだ。祖国でも積極的に慰問を行っていたからだろう。子供たちは間違いなく大半がセシリアと打ち解けるようになり、城へ帰ることを引き止められている可能性も充分にあり得る。

(それならば、それでいい。ただ、彼女が無事であることを確かめたい)

「陛下!」

戻ってきたルイスの配下が、執務室に飛び込むようにして姿を現す。嫌な予感が的中していることを、ダリウスが自覚せざるを得ない表情だった。

「セシリアさまはもう数時間前に教会を発っているとのことです……!」

ではなぜ、王城に帰還しないのか。それは。

執務机に置いたダリウスの手が、拳に握りしめられる。それが小刻みに震えているのを見たのは、傍に控えていたルイスだけだった。

「陛下……」

「ルイス、セシリアの行方を俺の部下たちに探させろ。お前も行ってくれ」

俺の、とわざわざ言ったのは、エレインの息がかかっていない者だけに限定させているからだ。ルイスは強く頷く。

「あとは、母上のところに潜《もぐ》り込ませている者にも周辺を探らせろ」

「かしこまりました。すぐに!」

ルイスは配下の者にすぐさま命を下しつつ、部屋を飛び出していく。ダリウスは執務机を睨《にら》みつけるように俯いたまま、動かない。

(あの人に、何かあったら)

信じられないほどの冷気が、背筋を震わせる。青ざめた横顔はそのときの部屋付きの従者が初めて見た『恐怖』のそれだった。


声を限りにアナと一緒に叫び続けたものの、扉が開く気配はなかった。ノブを回し続け、二人で扉に体当たりもしてみたが、まったく開かない。次にどうしたらいいのかとセシリアはアナとともに考えを巡らせるが、名案は何も出てこなかった。

「どうしましょう……」

「諦《あきら》めては駄目よ、アナ。きっと何かいい方法を見つけられるわ」

そんな慰めは大した意味がないことがわかってはいたが、自分を鼓舞《こぶ》するためにセシリアは言う。もう一度扉に体当たりしてみようと立ち上がったそのとき、鍵がゆっくりと開く音がした。

セシリアはアナと抱き合うようにして寄り添い、扉から離れる。扉が開くのはとても嬉《うれ》しいが、現れる者が味方とは思えない。ここはエレインの屋敷で、彼女の命に従う者たちばかりのはずだ。

息を詰めて、扉が開くのを待つ。

姿を見せたのは、黒いお仕着せを着た召使いの女だった。彼女はするりと扉の内側に入り込み、またそれを閉める。ランプの明かりだけの室内で、彼女はセシリアをまっすぐ見つめて、微笑みかけた。

「セシリアさま、お初にお目にかかります」

スカートを両手で摘まんで膝《ひざ》を落とし、臣下の礼をしてくれる。この状況でここの召使いにそんなことをしてもらえるとは思わなかったセシリアは、呆気《あっけ》にとられたように彼女を見返した。

「あなた……？」

「ご安心ください。私は陛下の密偵です。エレインさまの動向を監視し、報告する役目を担《にな》っております。そう言われてもすぐには信じていただけないかもしれませんが」

ダリウスの手の者だと教えられても、確かにすぐに信じるのは甘いだろう。だが今のセシリアに選択肢はない。

「今の私には使える手はまったくないわ。ならばあなたを信じるしかありません」

「ありがとうございます。勇気のある御方ですね。さすが陛下のお慕《した》いになられた御方です」

「ありがとう。そう言ってもらえるととても嬉しいわ。……私はどうすればいいの？」

「姫さま！　この女を信用するんですか!?」

アナがとんでもないと首を振る。セシリアは強く頷いた。

「ええ、そうよ。だって今の私たちに他に何か方法がある？　それとアナ、一応静かにね。彼女のことが他の者に知られると、もしかしたらまずいことになるかもしれないわ」

「……っ」

アナが慌てて唇を強く引き結ぶ。彼女はその仕草に小さく笑みを零すと、セシリアとアナに持ってきた服を差し出した。彼女が着ているものと同じお仕着せだ。

「すぐに着替えてください。私がここからお出しします」


張り詰めた執務室の空気をそのとき打ち破ったのは、新たなノックの音だった。

ダリウスはハッと顔を上げ、入室を許可する。入ってきたのはルイスの配下の召使いだ。

「……へ、陛下……！　た、ただいまエレインさまがお見えになられて……！」

「……っ!?」

ダリウスは視線だけを上げて、召使いを見返した。いつも以上に厳しい視線を受け止めて、召使いの彼女は失神しそうなほどに震え上がる。それでも自らの役目を果たそうと、報告を続けた。

「へ、陛下にお会いしたいとお見えになられております。い、いかがしましょうか……きゃ……！」

どんっ、と召使いを押しのけて、エレインが姿を見せた。よろけた召使いが、近くの壁にぶつかる。

「血が繋がっていないとはいえ、息子に会いにきたのよ。どうしてわざわざ許可が必要なのかしら？」

「……お、お控えくださいませ、エレインさま。陛下は執務中です」

「お黙り。仕事なんてしていないじゃないの」

ダリウスが執務椅子に座っているだけだということに、エレインはすでに気づいている。召使いの必死の抵抗も、あっという間に弾かれてしまった。

「ここはいい。下がれ」

召使いは躊躇《ためら》いながらも身を起こし、退室する。代わりにルイスの部下たちが数人、室内に飛び込むように姿を現した。

「陛下、ご無事ですか!?」

皆それぞれいつでも剣を抜き放てるよう、柄に手を置いている。

ダリウスが軽く顎《あご》をしゃくって、扉を閉めるように促した。部下の一人がそれに従い、扉を閉める。

決して好意的ではない相手に囲まれているのに、エレインは悠々《ゆうゆう》とした態度で執務机の前にあるソファに座る。この態度はダリウスがどのような手段に出ようとも自分が優位であることを知らしめたいからか。

「急な来訪、どうなされた？」

一応はまだ母親を立てて、ダリウスは問いかける。エレインは笑みを深めた。

「まどろっこしい話は建設的でないからやめましょう」

「それは助かる。俺も、あなたとこうして話すことにはそれなりの不快感を覚えるからな」

毒を含んだダリウスの言葉にエレインは怒りに顔をしかめながらも、頷いた。

「それは私のセリフよ。誰があの汚らしい雌猫《めすねこ》の息子なんかと話したいものですか」

実母を侮辱《ぶじょく》する言葉に、ダリウスの頬が強張る。エレインの動向を見守っていた部下たちも彼女を睨みつけたが、ダリウスが何も言わない以上、堪《こら》えていた。

「ダリウス。私が欲しいものが何なのか、知っているかしら？」

「ああ、よく知っている。この国だろう？」

「その通りよ。でも、あなたが王になり妃も迎えてしまったから、たった一つの方法しかなくなってしまったの」

眉根を寄せるダリウスの前で、エレインは持っていた小さなバッグから小瓶を取り出した。

それを部下の一人を経由してダリウスに渡す。

中には透明な液体が入っている。この状況で予想をつけるのならば、毒だろう。

無言で見返したダリウスに、エレインは言った。

「安心してちょうだい。そんなに苦しまずに死ねるわ。あと、服毒のせいではなく病死だろうと診断されるものよ。それはあなたのお父さままで保証済み。さあ、飲んでちょうだい」

世間話のように当然のこととして、エレインは続ける。ダリウスは自分の心が急激に冷えていくのを感じて瞳を眇める。

「あ、あなたは前王にもその薬を……!?」

「ええ、そうよ。文句がある？　あの人は私よりもあの雌猫を愛したのよ。だったらこの国くらい私がもらってもいいでしょうに、私に子はできなかったんだもの。だからこれは、正当な報復よ」

「何ということを……!!　さらには陛下まで……!!」

「そんな報復が正当であるわけがない!!」

部下たちが怒りに身を震わせ、ダリウスの手から小瓶を奪い取ろうとした。だがダリウスはそれを強く握り込んで阻《はば》む。

「俺がこれを飲むと思うのか。……お前たち」

部下たちはダリウスの無言の名を受け止めて素早く剣を抜き、剣先を迷うことなくエレインに向ける。だがエレインに怯《ひる》む様子はまったくない。相変わらず悠々とした態度を崩さなかった。

「私を殺す？　それはやめておいた方がいいわ。私に何かあればセシリア姫を殺すように言いつけてあるから」

部下たちが息を呑む。ダリウスは小瓶を握りしめる手に力を込めた。

「セシリアは、あなたが連れ去ったのか」

「人聞きの悪いことを言わないでちょうだい。美味しいお菓子があるから屋敷に来ないかとお誘いして、あの子がそれを受けただけよ。でも、あの子の命は私の手の中にある。それは間違いないわ」

エレインの態度からしても、はったりではないだろう。ダリウスは鋭い瞳でエレインを見返した。

エレインはそんなダリウスの表情を実に楽しげに見つめる。いや、長年の屈辱《くつじょく》が晴らされているかのような暗い快感に酔っているようだった。


お仕着せはいつも身につけているドレスよりも裾が短く動きやすい。彼女のおかげでセシリアは見咎《みとが》められることもなく、屋敷を出ることができた。

彼女は怪しまれないように屋敷に残ることになり、セシリアはアナとともに辻馬車を見つけるために大通りに出る。お仕着せのスカートのポケットには、コインが何枚か入っていた。馬車で城下まで行くには十分な金額だった。

アナの導きで辻馬車が拾える通りまで走っていく。

「姫さま、大丈夫ですか?」

「ええ、ありがとう、アナ。私は大丈夫よ。心配なのは陛下の方だわ……エレインさまは、陛下に何をするつもりかしら……」

嫌なことしか思い浮かばず、セシリアの気持ちは焦《あせ》る。

早くダリウスの前に現れて、自分が無事であることを伝えたい。そうすればダリウスもエレインの要求に躊躇《ちゅうちょ》することもないはずだ。

その直後、進行方向に馬が姿を見せる。よもや追っ手かと足を止めると、それは数人の部下を従えて馬上の人となっているルイスだった。

「……ルイス!?」

ルイスはセシリアの前に走り寄ると、部下とともに一斉に膝をついた。

「セシリアさま、ご無事で！」

「ええ、私は大丈夫よ。でもどうして私がここにいるとわかったの!?」

「前王妃の関係するところには、それなりの数の密偵を潜り込ませています。あなたを逃がした召使いからの連絡が、別の仲間を経由して俺に連絡が入ったんです」

こういうときのために、ダリウスは義母のもとに密偵を送り込んでいたのか。

「陛下が大層心配しておられました」

「心配かけてごめんなさい。陛下は!?」

「城にいらっしゃいます」

ではまだエレインは彼のもとを訪ねてはいないのかもしれない。楽観的にはなれないが、早くダリウスのところに行かなければ。セシリアは立ち上がる。

「城に戻ります。今すぐに！」

「わかりました。では俺がお連れします」

セシリアの手を取り、ルイスが馬に乗せてくれる。アナが心配そうにセシリアを見上げた。

「姫さま……」

「アナはゆっくり来てね。ルイス、お願いします！」

馬が走り出す。アナはセシリアの無事を祈るために両手を胸の前で握りしめた。


すでに勝利は自分の手の中にあると信じて疑っていないエレインは、ダリウスが小瓶の中身を呷《あお》るのを今か今かと待っていた。部下たちも突きつけられた条件にダリウスに勝ち目が少ないと感じているため、息を呑んで主《あるじ》の次の動きを見守りつつ、エレインの動きに注意するしかない。

だがダリウスは小瓶を強く握りしめて沈黙したまま、いっこうに中身を口にする様子がなかった。エレインが苛立《いらだ》って叫ぶように言う。

「早く飲みなさい！　あの子がどうなってもいいの!?」

ダリウスが、大きく息をついた。握りしめていた掌を開き、小瓶のコルク栓を外す。

エレインの唇に再び笑みが刻まれた。部下の一人が止めるための声を上げる。

「陛下、いけません……！」

「——手に入らないものが手に入ってしまったんだ。ここで死ぬのはもったいなさすぎる」

ダリウスは不意に不敵に笑って言うと、小瓶を傾けた。中の液体はパタパタと音を立てて机上を濡らす。

エレインが驚愕《きょうがく》に大きく目を見開き——すぐに、激しい怒りを浮かべた瞳でダリウスを睨みつけた。

「自分が何をしているのかわかっているの!? あの子が死ぬかもしれないのよ!?」

「それは、絶対にさせない」

最後の一滴が、滴り落ちる。エレインは歪んだ笑みを唇に刻んだ。

「あら、どうやって? あの子は私が捕らえているのよ。私に手を出したらあの子が代わりに死ぬわよ!」

「剣を」

ダリウスが言いながら片手を差し出す。部下が自分が持っていた剣を、ダリウスに差し出した。ダリウスはそれを掴むと執務机を一気に飛び越えて、エレインの喉元に剣先を突きつけた。

エレインが息を呑む。

「俺があなたのしていることを知らないとでも思っていたのか?」

「何のことかしら」

「あなたが狂ったフリをして俺を狙っていることは、見抜いていた」

——エレインは答えない。だがその沈黙がダリウスの言葉を肯定している。

ダリウスは小瓶を足元に落とし、靴の踵《かかと》で力任せに踏み潰した。ぐしゃりと硝子《ガラス》が砕かれる音が、室内に響く。

「あなたが俺や母を疎《うと》んじるのは仕方がないことだとは思っている。あなたも正妃として必死だったんだろう。あなたが俺たちにしたことは人として許されることではないが、俺はある種の感謝の気持ちも覚えている。あなたの悪意がなければ、俺は今の信頼ある者たちには出会えず、セシリアにも会えなかった」

「私に感謝？　心にもないことをわざわざ言わなくてもいいのよ」

エレインの顔が、さらに歪《ゆが》む。元が美しい面《おもて》をしているからこそ、余計に醜《みにく》くなった。

「あなたがどう思おうと構わないが、セシリアに手を出すと言うのなら話は別だ」

ダリウスの剣先が、エレインの喉に押しつけられる。薄い皮膚に鋼《はがね》の冷たさを感じ、エレインが息を呑んだ。

「わ、わかっているの？　私に何かしたらあの子の命の保証はないわよ！」

「あなたがセシリアを攫《さら》ったのならば、他の不届き者が攫うよりも安全だ。あなたの傍には以前より俺の手の者が何人も潜り込んでいる」

「何ですって……？」

エレインの瞳が、大きく見開かれた。ダリウスは剣先をわずかなりともぶれさせることなく定めたまま、金褐色の瞳に冷気を宿らせる。

「あなたが何かしようとしたときには遅れをとることがないよう、ずいぶん前から潜り込ませておいた」

そんなことはまったく想像もしていなかったのだろう。エレインは唇を戦慄かせたが、何も言えない。

「今頃は俺の部下たちがセシリアを救い出しているだろう。あなたの願いは最初から叶わない」

ダリウスの断定にエレインは小刻みに身を震わせる。ダリウスは剣先を動かさないままで、部下たちに言った。

「エレインを捕えろ」

彼らが頷こうとするより早く、ダリウスの背後から必死な声が聞こえてきた。

「ダリウス！　ダリウス、私は無事よ!!」

「……っ」

ダリウスの瞳が震え、躊躇《ためら》いがちに背後を振り返る。身近にいた部下がすぐさまダリウスの剣を受け取ってエレインを制した。

ダリウスはそれを確認すると、バルコニーに飛び出す。手すりから身を乗り出しそうな勢いで下を見れば、ルイスとともに馬に乗ったセシリアが、なぜか召使い用のお仕着せを着て、そこにいた。ここから見る限り、怪我《けが》はない。

ダリウスは急激な安堵《あんど》感に思わず微笑んだ。

「無事か……！」

その心からの言葉に、セシリアは安心させるために満面の笑みを浮かべて頷こうとする。

しかし直後に青ざめ、悲鳴を上げた。

「――ダリウス、逃げて!!」

「陛下!」

ルイスの声もそのあとにかぶさる。強烈な殺気を感じ取って、ダリウスは背後を振り返った。

鋼の輝きが、視界に入る。驚いたことに部下から奪い取った剣を、エレインが振り下ろそうとしていた。剣を持ったことなどないのは、ふらつく身体と定まらないままぶれ続ける剣先でわかる。

まさに火事場の馬鹿力と呼ばれるものだろう。ダリウスにとっては大した反撃の刃《やいば》にもならない。

エレインの揺れる刃を、ダリウスはすぐさま避ける。それは手摺《てすり》に撃ち込まれ、エレインをさらにふらつかせた。

「ダリウス!!」

馬から飛び降りながら、セシリアが叫ぶ。大丈夫だと叫び返し、ダリウスはエレインの手から剣を奪い返そうとする。

だがエレインの執念《しゅうねん》が、ダリウスを思った以上に近づけさせない。エレインはギラギラと強く光る瞳でダリウスを見据《みす》える。

「ああ、その目……あの女と同じよ。私から、すべてを奪うのね」

「……エレイン」

「陛下も王位も、お前にあげたわ。ならば国くらいは私がもらってもいいでしょう！」

エレインが叫び、ダリウスに斬《き》りかかってくる。なまじ訓練を受けていないからこそ次の一撃が予想できず、部下たちもどう助け手を出せばいいのか考えあぐねてしまう。下手に手を出せば、ダリウスを不必要に傷つけてしまう可能性が高かった。

「陛下！」

「ダリウス！」

セシリアの声が、ダリウスの耳を打つ。ダリウスは受け身を取りながら、エレインへの反撃を探る。

「……逃げてばかりなの、ダリウス！　情けないこと!!」

高く笑いながら、エレインがさらなる一撃を繰り出してくる。ダリウスはそれを身を屈めて避け、後ろから首筋に手刀を撃ち込もうとした。

振り返ったエレインが、薙《な》ぎはらうように剣を動かそうとする。だが、エレインの鍛《きた》えていない細腕では、思った通りに動けることなどありえない。

「え……」

剣の重みに耐えられず、エレインの身体が傾《かし》ぐ。手摺に腰を打ちつけると、そのままエレインの身体は背中から倒れ込んだ。

エレインの瞳が、大きく見開かれる。驚きのそれに、ダリウスは手を伸ばさない。

エレインの手が開いた。剣を取り落とし、何かを摑もうとする。だが摑むのは、空《くう》だけだ。

バルコニーの下で、セシリアが悲鳴を上げる。ダリウスはその声に押しかぶせて叫んだ。

「セシリア、見るな!!」

セシリアが、両手で顔を覆う。エレインの姿が、一気に視界から消えた。

ダリウスは一瞬息を呑んだあと、手摺に駆け寄る。ルイスに肩を抱かれたセシリアが、俯いて震えている。その数歩先にエレインが仰向けに倒れていた。

エレインの後頭部から、じわりと血が滲《にじ》み出す。

「セシリア、俺が行くまで動くな！」

「……ええ……ええ……!!」

顔を覆ったままで、セシリアが何度も頷く。少し遅れてエレインに走り寄ったルイスが現状を見て厳しい表情になりながらも、すぐさまバルコニー上の部下に指示を出す。その的確な言葉を聞きながら、ダリウスはセシリアのもとへ走り出していた。

脇目もふらずに走っていくと、足音に気づいたセシリアが顔を上げた。ダリウスは自分の身体でセシリアの視界にエレインが入らないようにしながら、その身体を抱きしめる。セシリアも、ダリウスの背中に腕を回してきつく抱きつき、胸に顔を埋《うず》めてきた。

セシリアの涙でシャツの胸元がしっとりと熱くなっていく。

「……無事で……無事、ね……?」

「ああ、無事だ。あなたも無事でよかった」

「……よかった……よかったわ……！」

ダリウスの腕の中で、セシリアは止まらない涙にしゃくり上げるようにしながら、何度も何度もそう繰り返す。安堵して震える身体をさらにきつく抱きしめて、ダリウスはそっとエレインを見《み》やった。

ルイスの部下たちがエレインを取り囲み、なるべく振動を与えないように運んでいこうとする。交わされる会話とやりとりから、セシリアがひどく心配そうにダリウスの腕からそちらを覗き見ようとする。ダリウスはセシリアの頭を抱え、見せないようにした。

「駄目だ。あなたは見るな」

「で、でも、エレインさまが……」

「すぐに医者を呼んで手当てさせる」

「そう……ですか……」

ダリウスの言葉で、心の底からホッとしたのだろう。途端にセシリアの身体から力が抜け、ダリウスにもたれかかってきた。

「……セシリア！」

ダリウスは慌ててセシリアの顔を覗《のぞ》き込む。涙の跡をうっすらと残したセシリアは気を失っていた。緊張が解《と》けたこととダリウスの無事に安堵したのだろう。

ダリウスはセシリアを軽々と抱き上げると、城の中へと戻っていく。運ばれていくエレインには、一度として目を向けなかった。

優しい掌の動きが、セシリアをゆっくりと目覚めさせる。ふ……っ、と小さく息をついて瞳を開くと、見慣れた天井と室内の様子が見えた。自分とダリウスの寝室だ。

カーテンは閉ざされていて、室内は淡いランプの光だけが広がっている。カーテンの隙間から何の光も入ってこないところを見ると、夜が訪れているようだ。

セシリアの枕元には椅子に座ったダリウスがいて、掌で額や頭、頰を優しく撫でてくれていた。セシリアの瞳が開くと、ダリウスはとても安心した笑みを見せてくれる。

「……ダリウス……」

呼びかけると、ダリウスが確かにそこにいると教えるかのように頷いてくれる。

「……ダリウス！　大丈夫!?」

ハッと我に返ったセシリアは、慌てて飛び起きながらダリウスの無事を確認する。心に受けた衝撃が強すぎて記憶が混濁《こんだく》し、ただエレインがダリウスに剣を振り下ろそうとしていたことだけが強く印象づけられてしまっていた。

ダリウスは微笑して頷くと、セシリアの背中に幾つかクッションを入れてくれた。

「ああ、大丈夫だ。それに身の無事を心配するなら俺よりもあなたの方だろう」

ダリウスの指先がセシリアの頰を撫《な》でる。その心地よさにうっとりしてしまいそうになりながらも、セシリアは小さく首を振った。

「ダリウスが潜り込ませてくれていた人に、助けてもらいましたから」

「そうか。よかった」

染み入るような声で言われ、心がくすぐったくなる。ダリウスに心配をかけてしまったのは申し訳ないが、こんなふうに心から無事を安堵してもらえると嬉しい。

けれどダリウスが本当にちゃんと傍にいてくれていることを感じたくなって、セシリアは片手をそっと彼の手に触れさせた。ダリウスは一瞬驚いた顔をしたものの、セシリアの手を振り払うことはせず、そっと握り返してくれる。

ダリウスのぬくもりが握り合った掌から伝わってきて、安心する。

（ああ……本当に無事だったんだわ……）

気持ちが落ち着いてくれれば、エレインがダリウスを殺そうとしたときの記憶が蘇《よみがえ》ってくる。

あのときエレインは剣の重さを支えきることができなかったためにバルコニーから落ちた。自分の目の前で人が落ちるところを見るなど初めてで、セシリアは反射的に顔を両手で覆《おお》ってしまったほどだ。あのあと駆けつけてくれたダリウスに抱きしめられてホッとし――そのまま気を失ってしまったのだろう。

「エレインさまは……？」

ダリウスのおかげではっきりと確認することはできなかったが、仰向《あおむ》けに落ちたエレインの身体の下には血が広がっていたような気がする。最悪の状態なのかもしれないと、セシリアは小さく震えながら問いかけた。

「安心しろ。母上は一命を取り留めた。今は用意した部屋で眠っている。容体も落ち着いている」

「そうですか、よかった……」

言ってしまってから、セシリアはハッとして口を片手で押さえた。

エレインの目的はダリウスの殺害だった。それを考えればよかったとも言えない。

「すみません……」

肩を落としたセシリアに、ダリウスは小さく笑う。

「気にしていない。むしろあなたらしい。あのような者の命が失われなかったことに安心するんだからな。だが、報《むく》いは必ず本人に返る。それが報いというものだ」

「どういうことですか……？」

「落下の際、頭を強く打ったらしい。一命は取り留めたが、意識が戻らない。医者の診断によると、このまま意識を取り戻さない可能性が非常に高いということだ」

セシリアは、手元に触れるシーツを強く握りしめる。

悲しいことではあるが、それが一番いいことかもしれない。目覚めて快癒すれば、エレインはダリウス殺害容疑で罰せられる。国王を殺《あや》めようとしたのだから、極刑になるのは間違いなかった。

「ならばこのまま目覚めないことが、あの人のためだろう。あの人についていた俺に敵対する者たちも、旗頭がなければ鎮静化するのも時間の問題だ」

ダリウスの言う通りだろう。セシリアは小さく頷く。

ダリウスはセシリアの方に身を寄せて、唇に軽くくちづけた。

「さあ、眠った方がいい。あなたの身体に傷はないかもしれないが、心は疲れている」

ダリウスがクッションを取り除いて、セシリアをベッドに横たえさせる。優しい仕草はセシリアを大切に労ってくれるものだったが、このまま一人で眠るのは嫌だった。

その気持ちが、セシリアを動かす。自分から離れようとするダリウスの腕を、セシリアは思わず摑んでいた。

ダリウスが軽く驚いてセシリアを見返してくる。

「どうした？」

「あ……あの……ダリウスは、眠らないのですか？」

「あなたが眠るのを見守ってからにする。疲れているあなたに無理はさせたくない。……あなたが無事だと確かめたくなるから」

自分を抱きたくなるからだと暗に言われて、セシリアは赤くなる。セシリアもそこまで激しい想いではなかったものの、ダリウスの存在を感じたかったのは同じだった。

「わ、私は……ダリウスと一緒にいたいです……」

セシリアは思いきってダリウスの頰を両手で包み込み、軽く引き寄せる。その唇に、自分からそっとくちづけた。

軽く押しつけて啄《ついば》むだけのくちづけに、ダリウスは少し驚いたようだった。だがすぐに嬉しそうに微笑む。

「あなたも、同じように思ってくれていたのか」

「……はしたない、と……思わないでください……」

「思うわけがない。あなたに求めてもらえることは、俺の最高の喜びだと前に教えたはずだ」

ギシ……ッ、とベッドを軋《きし》ませて、ダリウスが乗り上がってくる。覆いかぶさられ、夜着を剝《は》ぎ取るように脱がしながらダリウスは言った。

「……だが、今夜は優しくできそうにない。覚悟してくれ」


ベッドに乗り上がってきたダリウスの愛撫《あいぶ》は性急で激しかった。

セシリアの夜着だけではなく自分が纏う服もはぎ取るように脱がせて互いに裸になり、深く舌を絡め合う激しいくちづけを与えながら、全身をくまなく愛撫してくる。柔らかな胸をいっそ乱暴なほどに両手で揉《も》みしだかれると、豊かな膨《ふく》らみはダリウスの指の動きに合わせて卑猥《ひわい》に歪み、揺れ動いた。

「……あ……っ、あ……ダリウス……そ、んな……」

自分の胸がダリウスの手によっていやらしくかたちを変えている様が目に入り、恥ずかしくて堪らない。なのにダリウスは両手の動きをそのままに、下肢をセシリアの膝の間に押し入れてきた。

両脚がダリウスの腰によって、開かされてしまう。蜜壺《みつつぼ》を自ら晒《さら》すようにされてセシリアは膝を閉じようとするが、ダリウスの身体が阻《はば》んでできない。ダリウスは両腕を伸ばして乳房を揉みながら頭の位置をずらし、淡い茂みにくちづけた。

「……んぁ！」

舌先が銀の茂みをかき分けて、割れ目を舐《な》め下ろす。本能的に身を捩《よじ》ると膝がダリウスの肩に引っ掛かってしまい、軽く腰が浮いた。ダリウスは器用に乳首を指でくりくりと弄り回しながら濡れた花弁《はなびら》を舌で舐め回す。

「……ふ、あ……あっ、あ！」

花弁の中に埋もれていた花芽《かが》を探り出し、舌先でねっとりと舐めしゃぶってくる。皮を剝《む》かれたそこはダリウスの激しい舌技を受けて悦楽に膨《ふく》らみ、セシリアを震わせた。

胸と蜜壺への愛撫を同時にされてしまうと、堪らなく気持ちがいい。セシリアは仰け反りながらシーツを握りしめ、身悶《みもだ》えしてしまう。

ダリウスの手が胸を離れ、大腿を押し広げた。真横になるほどに大きく開脚され、蜜壺の入口を指で押し広げられる。とろりと蜜が溢《あふ》れてくるそこに、ダリウスは舌を押し込んできた。

「ふぁ……あぁっ!! あっ、あ!!」

指とも男根とも違う感覚に、セシリアは首を打ち振る。ダリウスは長く舌を潜り込ませ、濡れた隘路《あいろ》をまさぐり続けた。

蜜が溢れて、ぐちゅぐちゅといやらしい音が上がる。その音すらも耳に入ればセシリアを高める要素だ。

加えてダリウスはセシリアの蜜に酔ったかのように口淫《こういん》を激しくし、蜜を啜《すす》り、飲み込んで味わう。まるで自分が獣の前の小動物になったような気分だ。

それなのに、身体は熱くなる。

「……あ……ダリウス……ダリウス、もう……っ」

ひくつく蜜壺が、引き込むように収縮する。だが今隘路に入っているのはダリウスの舌だ。とても欲しいものからは遠すぎて、セシリアはわずかに腰を揺らしてしまう。

(あなたが、欲しい)

その気持ちが淡い涙目になって、ダリウスを見つめる仕草になる。ダリウスは蜜の糸を引きながら舌を引き抜くと、濡れた唇を舐めつつ身を起こした。

ダリウスも、欲望を剝《む》き出しにした表情をしていた。セシリアを欲しがる金褐色の瞳に強く見つめられるだけで、ゾクゾクするほど感じてしまう。自分がこんなふうにいやらしくなってしまうなんて恥ずかしい。だが、ダリウスを求める気持ちを抑えることができない。

ダリウスはセシリアの身体を組み敷くように身を重ねると、膝裏を摑んで押し上げる。セシリアの胸の膨らみに丸みのある膝が押し込まれるほどだ。そんなことをされたら蜜壺の入口が丸見えになってしまう。

恥ずかしさから手を伸ばして濡れ潤《うるお》う場所を隠そうとした直後、ダリウスが猛《たけ》った剛直を飲み込ませてきた。

「……あぁ、ん……っ!!」

根元まで一息に押し込まれて、セシリアは苦痛と紙一重の快楽に喘《あえ》ぐ。ダリウスはセシリアの膝を両肩に担《かつ》ぐように身体を押し入れると、激しく腰を振った。

「あ、あっ、ああっ!」

蜜壺の一番奥に、ぐいぐいと押し入れられる。張り詰めた先端がゴツゴツと深い場所を突いてきて、堪らない。身体を二つに折りたたまれるような体勢に息苦しさを感じるが、それも快楽に飲み込まれてしまう。

セシリアを求める気持ちを制御せず、ダリウスは叩きつけるように抽送《ちゅうそう》を繰り返す。蜜と先走りが混じって溶け合い、繋がった場所をしとどに濡らした。ぐちゅぐちゅと淫猥《いんわい》な水音が、互いの快楽をますます高めた。

ダリウスと溶け合う感覚が、堪らなくいい。だが、ガクガクと欲望のままに揺さぶられると、自分が壊れてしまいそうな気になる。

「あ……あ、あっ、ダリウス……激し……っ。わ、たし……壊れちゃ……ああっ!!」

喘ぎの合間に哀願するが、ダリウスの律動は止まらない。それどころか、ますます激しくなる。淫《みだ》らに乱れた呼吸で、ダリウスは反論した。

「だが、あなたのここは、俺をもっと引き込もうとするかのようにうねっている」

確かにその通りだ。肉襞《にくひだ》はダリウスを引き抜かれようとすると、引き止めるように締めつけ絡みつく。思う以上に身体はダリウスを求めているのだ。

「だから、止める必要はない」

言い切ると、ダリウスは一度達するべく動きを速める。荒々《あらあら》しいダリウスの呼吸音に、セシリアの喘ぎが重なった。

「ん……あ、あ……あぁぁっ!!」

最奥《さいおう》をごりっと強く貫かれ、ダリウスが熱い精を中に注ぎ込む。体内に広がっていく灼《しゃく》熱感《ねっ》にセシリアは身を震わせ、放たれたそれを一滴も零さないとでもいうようにうねる襞で受け止めた。

「……く……」

ダリウスがさらに腰を押し入れ、きつく眉根を寄せて射精の衝動をすべて注ぎきる。体内を満たしていく感覚に、セシリアは例えようのない幸福感を覚えながらぐったりと身体を弛《し》緩《かん》させた。

ダリウスはセシリアの身体に身を重ねたまま、頬に優しくくちづけてきた。甘く優しいくちづけに導かれるようにしてダリウスへと目を向けると、視線が重なり合う。

欲情にまみれた瞳に、下腹部の深い部分がきゅんっと切なくなった。求められている悦《よろこ》びが、セシリアを満たす。

「セシリア……愛している」

言葉ももらえて、セシリアの悦びはますます深まった。

「……私も、です……。愛しています、ダリウス……」

ダリウスが感じ入ったようにふるりと小さく身震いすると、セシリアの身体を反転させ、横向きにする。えっ、と思う間もなく肉茎が引き抜かれ、ダリウスはセシリアの足を縦に割り開いた。

ダリウスの精を受け止めたそこはしとどに濡れていて、蜜を混じり合ったものがとろりと滴るほどだ。そこに膝立ちになったダリウスが、再び腰を押し入れてくる。

「……ひ……あ……！」

達したばかりのそこに再び肉茎を押し入れられると、堪らない。だがダリウスはそんなセシリアに構うことなく己の欲望のまま、ずんずんと腰を突き入れてくる。

「……あ……あ、あ……っ!!　駄目……もう、駄目ぇ……」

泣き濡れた声を上げても、ダリウスは許してくれない。それどころか先ほどよりも更に激しく腰を振ってくる。

「……ダリウス……！」

「駄目だ……もっと……もっと、あなたが欲しい……！」

セシリアはダリウスの身体にしがみつき、激しい愛情を受け止め続けるしかなかった。

【7】

自分たちの居住する棟からは一番離れている中で一番過ごしやすい部屋に、エレインは眠っている。窓が開け放たれ心地よい風が入ってきているが、そこには格子《こうし》がはめられていた。眠り続けるエレインには、不必要なものとも言える。だが万が一の可能性をダリウスは無視しない。

入口には世話役と称した監視の者たちが二人、常についている。扉は外鍵式で、鍵をかけてしまえば内側からは決して開けられないようになっていた。

ダリウスは眠るエレインの顔をしばし見下ろしたあと、部屋を後にする。廊下ではルイスが待っていた。

二人で執務室へと向かいながら、ルイスが言った。

「医師の診断によると、エレインさまがお目覚めになる可能性はかなり低いようです。まさに、奇跡でも起きない限りは、と……」

「そうか」

ダリウスの頷《うなず》きは淡々としている。

「だが、その『奇跡』が起きれば母上は目覚められるのだろう？」

「もしエレインさまがお目覚めになられたら。いかがいたしますか」

「殺せ」

低い声で、ダリウスは命じる。ルイスは一瞬その冷酷《れいこく》さに身を震わせたものの、すぐに頷いた。

「かしこまりました。陛下のお心のままに」


ダリウスはこの日の休憩時間を、天気がいいので中庭の一角で過ごすと聞いていた。だからセシリアはアナにバスケットを用意してもらい、その中に茶の一式と菓子を入れて向かった。

この中庭で過ごすならばここが一番いいと言えるところに、ダリウスの姿を見つける。声をかけようとしたが、慌《あわ》てて口を噤《つぐ》んだ。

ダリウスが、手入れの行き届いた柔らかな芝の上に横たわっていた。明らかにうたた寝をしている。セシリアはダリウスを起こさないように気をつけて近づいた。

日差しが暖かい。ダリウスの寝顔も穏《おだ》やかだ。それを見ているとこちらもだんだん眠くなってくる。

(この庭は少し、ローズレンフィールドの庭に似ているわね)

祖国に少し重なる部分を見つけて、嬉しくなる。

――ローズレンフィールドはアルドリッジの援助を受けて、財政難から救われた。だがダリウスは、ただ援助の資金を与えただけではない。アルドリッジから財政管理の知識人を派遣し、同じことが二度と起きないよう、大臣たちに指導しているという。時折懇意にしていた大臣たちから手紙が届き、ローズレンフィールドの様子を教えてもらえている。

ダリウスの気遣いは祖国にも届き、同盟国として新たな繁栄《はんえい》がやって来るだろうとのことだった。ダリウスが祖国にしてくれたことに、セシリアは改めて感謝と敬愛の念を抱く。

そして夫となってくれたダリウスへの愛情を、改めて感じるのだ。

セシリアは自然とダリウスの寝顔へと頬を寄せ、目元にそっとくちづけた。てっきり目を覚ますかと思ったが、ダリウスは眠ったままだ。……本当に眠っているのか、疑わしい気持ちもあるが。

いくら暖かいからといってこんなところで眠り続けていたら風邪をひいてしまうかもしれない。けれどダリウスの寝顔がとても心地よさげなため、起こすのも躊躇《ためら》ってしまう。

どうしたものかと考え込んでしまっていると、不意にダリウスの瞳が開いた。セシリアは慌てて笑顔を浮かべる。

「こんなところで眠ったら、風邪をひいてしまいます」

「そうか……」

まだ少し眠たげな声で、ダリウスは頷く。腕を伸ばされたので起こして欲しいのかとセシリアはその手を取る。直後にダリウスに強く引き寄せられ、その胸に転がり落ちるように抱きしめられてしまった。

「ダ、ダリウス……!?」

慌てて身を起こそうとするものの、抱擁《ほうよう》の力は強く抜け出せない。セシリアの髪の香りを深く吸い込み頬を寄せながら、ダリウスが言った。

「あなたは温かいな、セシリア。あなたがこうしていてくれれば、風邪をひくこともない……」

語尾は寝息に混じって消える。これは、寝ぼけているのか。

(もしかして……甘えて、る……?)

セシリアは心のくすぐったさを感じながらダリウスの身体をそっと抱き返し、夫の腕の中で顔を上げる。ある意味無防備な寝顔はいつものダリウスよりは少し子供っぽく見える。この顔を見られるのは自分だけなのだと思うと、微笑みが止まらなかった。

「少しだけですからね」

ダリウスを起こさないように気をつけながら身じろぎし、身体の位置を上げる。そしてダリウスの頭を柔らかな胸の中に包み込むように抱きしめた。

そうしながら、目が覚めたダリウスにどう教えようかと悩む。セシリアの中に、ダリウスが植えつけた新たな命のことをどう教えるのが一番いいだろうか。

セシリアはダリウスの腕の中で例えようのない幸せな悩みに微笑んだ。

あとがき

初めましての方も、またお会いできて嬉しいですの方も、こんにちは。舞姫美です。ハニー文庫さまでは三作目となりました。いやもうひたすらに嬉しい驚きです。お手に取って下さるみなさまのおかげだと、作品を重ねるたびに強く思います。ありがとうございます！

今回のお話は、一生懸命格好良く見せているのだけれど、根はヒロイン大好き過ぎて結局ダメンズみたいなお話となりました。……ごめんなさい、ダリウス。もっと格好良く見せてあげたかったのだけれどやっぱり駄目だったわ……（遠い目）。よく考えてみると、結婚から始まるカップルは今作品が初めてですね。結婚しているのだからダリウスも我慢せずにあれやこれやとやってくれればいいのに、大事すぎて駄目なんてもう可愛いヤツめ！　と思いながら書かせていただきました。まあ想いが通じてしまったらことぞばかりに……ゲフンゲフン。少しでも楽しんでいただければとても嬉しいです！

そしてセシリアとダリウスをイメージ通りに描いていただきましたKRN先生。どうもありがとうございました！　まるで美女と野獣な表紙を見せていただいたときには、褐色肌ヒーローに萌え萌えになってしまいました。本文イラストもラフを頂くたびに鼻血が止まらず（笑）。改稿を乗り越えられたのもこちらのおかげです。

最後までいいものを作りたいといつも色々なアドバイスを下さる担当さま。この作品を世に出すために関わって下さった方々。いつも大変感謝しております！

そして何よりもお手に取って下さった方々に、限りない感謝を。お届けしたもので少しでもほんわり幸せな気持ちになっていただけますように。毎度同じ謝辞しかできないのがもどかしいですが、少しでも作品でお返しできていることを祈ります。

またどこかでお会いできることを祈って。

舞姫美先生、KRN先生へのお便り、
本作品に関するご意見、ご感想などは
〒101-8405
東京都千代田区三崎町2-18-11
二見書房　ハニー文庫
「甘美な契約結婚」係まで。

本作品は書き下ろしです

Honey Novel

甘美《かんび》な契約結婚《けいやくけっこん》

【著者】舞姫美《まいひめみ》

【発行所】株式会社二見書房
東京都千代田区三崎町2-18-11
電話　03（3515）2311［営業］
　　　03（3515）2314［編集］
振替　00170-4-2639
【印刷】株式会社堀内印刷所
【製本】ナショナル製本協同組合

落丁・乱丁本はお取り替えいたします。
定価は、カバーに表示してあります。

ISBN978-4-576-15062-8

http://honey.futami.co.jp/

甘くとろける蜜の恋☆濃蜜乙女レーベル

Honey Novel

舞 姫美の本

蜜愛王子と純真令嬢

イラスト=鳩屋ユカリ

猟犬に襲われたシンシアは、王弟であるレスターに助けられ、王家の別邸で過ごすことに。

恋心を覚えるが、レスターには想い人がいると知り……